JN312767

ペーパー離婚

PAPER RIKON

冨岡知世子
Tomioka Chiyoko

文芸社

目次

【あらすじ】

三十八年勤めた会社を定年退職した日、親友四人と飲んで深夜に帰宅した高山啓輔は、翌朝、専業主婦の妻、高山三千子から離婚を切り出される。驚きうろたえる啓輔に、三千子は、二人の息子達が住む気のない二世代住宅を夫婦がそれぞれ住み分け、自分は西の家でフワラーアレンジメント教室の先生として生計を立てると言う。炊事・洗濯・掃除などを心配する啓輔に、面倒を見る代わりに家政婦としての報酬を頂く…と言う三千子。さらに三千子は、啓輔に料理教室に行くよう提案する。話し合いの結果、お互いを見つめ直すため一応離婚届は書いた上で一年間の〝執行猶予期間〟を置き《ペーパー離婚》をしよう…という事になる。三千子は、週二日の教室の他、沖縄へスキューバダイビングに行ったり、友人と通い始めたゴルフ練習場でレッスンプロに心トキメかせたりと生き生きとして来る。

啓輔は、バツイチの親友と料理教室に通い始めて次第に腕を上げ、三千子の教室のある日には料理の腕前を披露し三千子に喜ばれる。そして、啓輔に頼まれて料理教室に一緒に通っていたバツイチの親友村瀬が、いつの間にか料理教室の先生と恋に落ちる。

やがて秋の季節を迎え、最初は啓輔と一緒には行きたくないと言っていたゴルフにも一緒に行くようになる三千子。また、元の会社の関連会社に再就職した啓輔は、歳《とし》の若い部下に仕える事への苛立ちを覚えるが、かつての上司である青木のアドバイスで気持ちが落ち着く。そして、青木の言う〝二地域居住〟に興味を覚え、青木の住む赤城山の別荘を三千子と訪ねる。年が改まり、お正月のお節料理を啓輔が作った事に驚く息子達。次男の結婚式で三千子の作ったブーケを手に持つ花嫁。やがてまた桜の花が咲き、夫婦仲良くゴルフをする啓輔と三千子。そこで、啓輔が気になっていた「離婚届」の事を聞くと、三千子は「そのままにしておくのも緊張感があっていいんじゃない？」と言う。家に帰り、蔵《しま》ってあった離婚届の用紙を探していた三千子は、ピンクのリボンの掛かった小箱を見付ける。啓輔に確認すると、定年退職の日に三千子のために買ったネックレスだと言う。啓輔が箱を開けると、ネックレスには一年前に書いたメッセージカードが添えられていた。啓輔は、三千子の首にネックレスを掛けてやりながら、「これからも俺と一緒に生きてってくれるか？」と二度目のプロポーズをする。果たして三千子は？

【登場人物】（順不同）

高山《たかやま》　啓輔《けいすけ》（六十）　会社員
高山三千子《みちこ》（五十九）　啓輔の妻
高山　貴史《たかし》（三十三）　啓輔・三千子夫妻の長男
高山　弘美《ひろみ》（三十二）　貴史の妻
高山　勇貴《ゆうき》（二）　貴史・弘美夫妻の息子
高山　浩史《ひろし》（三十）　啓輔・三千子夫妻の次男
広瀬《ひろせ》　京子《きょうこ》（三十）　浩史の恋人
村瀬《むらせ》　信一《しんいち》（六十）　啓輔の友人
松村《まつむら》　謙一《けんいち》（六十）　啓輔の友人
松村　美保《みほ》（四十八）　松村の妻
坂本《さかもと》　三郎《さぶろう》（六十）　啓輔の友人
滝沢《たきざわ》　恵子《けいこ》（五十九）　三千子の友人
三枝《さえぐさ》真理子《まりこ》（四十七）　白鳥料理教室・教師
松本《まつもと》　裕子《ひろこ》（二十七）　啓輔の会社の元部下

大友《おおとも》　卓也《たくや》（五十二）　ゴルフのレッスンプロ
橋本《はしもと》　直美《なおみ》（四十三）　フラワー教室生徒
佐野《さの》恵美子《えみこ》（五十一）　フラワー教室生徒
関根《せきね》眞知子《まちこ》（五十三）　フラワー教室生徒
榊原《さかきばら》　邦子《くにこ》（七十二）　フラワー教室生徒
曾我《そが》　和彦《かずひこ》（五十四）　カラオケスナックの客
若林《わかばやし》　幸平《こうへい》（四十五）　花山商事総務課長
青木《あおき》　正雄《まさお》（六十六）　啓輔の会社の先輩
青木　良子《よしこ》（六十三）　青木の妻
タクシー運転手　（六十）
宝石店店員

ペーパー離婚

花も嵐も…

「お父さん、今日は遅くならないんですよね」

「当たり前だ！」

玄関で見送る妻、三千子の言葉に靴を履きながら怒ったように返事を返す啓輔。

「そう、良かった。今日ね、貴史と浩史がお父さんの退職祝いに何かプレゼント持って来るんですって」

「そうか」

「私も美味しいご馳走作って待ってるから」

「うん」…の後に、何か言葉を続けようとしたが、わざとムスッとしたまま、不愛想に三千子に靴べらを渡す。カバンを手に持ち、靴箱の姿見をチラッと見る。そして、〝ヨシッ！〟…と、心の中で気合いを入れた。

「じゃ、行って来るぞ」

玄関を開ける。いい天気だ！　三十年前に、この土地に引っ越して来た時に植えた桜の木も、俺の定年を祝ってくれるかのように見事に咲いている！

引っ越して来た当初は、この辺もまだ田圃や畑があり、のどかな風景が見られたが、都心まで電車で一時間足らずという地の利の良さから宅地開発が進み住宅がだいぶ増えた。

啓輔が門を出ようとすると、向かいの家に住む男性がネクタイを整えながら急ぎ足で玄関を出て来た。三十代の初めだろうか？　最近引っ越して来たようだが、啓輔とは、通勤の道すがら時折顔を合わせる程度でほとんど話をした事はない。男性が玄関を閉めようとすると、中から妻らしき女性の甲高い声が聞こえた。

「パパ、今日、ゴミの日よ！　忘れないでね！」

「アッ、そうか！　ゴメン、ゴメン」

裏口に回り、再び出て来た男性の手には大きなゴミ袋が二つ。

啓輔と目が合うと、ペコッと頭を下げ照れたように挨拶した。

「おはようございます」

「おはよ～、ございます」

啓輔も大きな声で返事を返す。

男性はゴミ袋を少し持ち上げ、「じゃ！」と言って前屈みで駆け出し、あっと言う間に角を曲がった。角を曲がるとゴミ集積所がある。

「フン！　大の男がゴミ袋持ってご出勤か！」

啓輔は、そうつぶやきながら心の中でせせら笑い、勝ち誇ったような気分になった。


高山啓輔《たかやまけいすけ》、六十歳。

今日は、啓輔が花も嵐も踏み越えて、長年勤めた会社を無事に定年退職する日なのだ。啓輔は会社を去る寂しさよりも、壮大な人生プロジェクトを成し遂げたような達成感を味わっていた。

地方の県庁職員だった父が四十二歳の若さで亡くなったのは、啓輔が十歳、小学四年の時。二人の姉は中学三年と一年だった。

父の若過ぎる死を悼《いた》んで、父の友人が詠んでくれた歌がある。

「県庁の　桜の花に先駆《さきが》けて　散りにし人を　思《おも》ほゆるかも」

父の亡くなったのは二月の一日。なのに何故、梅ではなく桜の花なのか？　墓石に刻まれたその歌を見る度、啓輔はずっと疑問に思っていた。だが、父の亡くなった四十二歳を無事クリアし、五十を少し過ぎた頃、やっとその深い意味が分かったような気がした。サラリーマン人生にとって、満開の桜は、まさに定年退職…その時なのだ！　人生半ばの四十二歳という若さで亡くなり、サラリーマン人生に満開の花を咲かせられなかった父の無念！　俺は、会社という桜の木に定年退職という満開の花を咲かせ、父の無念を晴らすんだ！　…そう決心した啓輔だったのだ！

そして今日、啓輔は晴れてその日を迎える。


啓輔は、母子家庭という環境の中、苦学の末に大学を卒業して地元に戻り、オリエント食品に就職した。オリエント食品は、五十年ほど前、初代社長がリヤカーに生鮮食品を積んで売り歩くという形で始まった個人会社であった。アイディアマンでもあった社長は、即席麵やレトルト食品の開発に力を注ぎ、一代で大きくした会社であった。

幼くして父を亡くした啓輔は、ワンマンと言われたその初代社長を父のように慕い、心から尊敬した。その初代社長に可愛がられて重宝され、それを恩義に感じた啓輔は会社のために三十八年、一生懸命頑張ったのだ。

啓輔は思う。

俺は、会社のため家族のため本当に良く頑張った。その甲斐あってか、会社は一回りも二回りも大きくなった。社長は息子の代になったが、二代目も俺を頼りにしてくれている。その証拠に俺に支社長を任せてくれているじゃないか。

会社が発展すると共に支社が増え、本社社屋が都内の一等地に移転するに伴い今までの本社が支社となり、そこの支社長となった。が、社員十五名ほどの小さな支社とは言え、創業当時の本社である。俺が頑張ったから会社も大きくなったんだ！　啓輔にはそんな自信と誇りがあった。

啓輔には、専業主婦の妻の三千子との間に息子二人がいて、孫一人がいる。五年前に建て替えた二世代住宅に、今は妻と二人で住んでいる。妻の〝賞美期限《しょうみきげん》〟はとっくに過ぎているが〝賞身期限《しょうみきげん》〟の方はまだまだ残っているらしい。台所に立つドッシリとした後ろ姿がその何よりの証拠かもしれない。たまに口答えするのが玉に瑕《きず》だが、二人の息子もシッカリ育て上げてくれたし、遣り繰り上手な妻のお陰で住宅ローンもほんの少し残す程度だ。だが、それも退職金を当てれば良い。

定年後は、体の動く内は週三日ほど働き、健康維持のために趣味のゴルフでも楽しむとするか！　そうだ、三千子も時々旅行でも連れて行ってやろう！

そう言えば、さっき玄関を出る時「うん」の後に「長い間ありがとう」くらい言えば良かったかな？

駅までの道すがら、啓輔の頭にフトそんな考えもよぎったが、長年連れ添った夫婦だ、そんな言葉を言わなくても分かってくれる…そう思っていた。

そう、家路に就くまでは！

花の命…

「ふ～う…」

啓輔が出て行った玄関先で、高山三千子は怒っていた…いや、ウンザリしていたというのが本当かもしれない。

何であの人はいつもああなんだろう…もっと気の利《き》いた優しい言葉は言えないのかしら？　他人《ひと》は啓輔の事を「いい人だ」とか、「明るくて優しい人」って言うけど、私には必要最小限の事しか言わない。私から話し掛けても「うん」とか、「家の事はお前に任せる」とか逃げてばっかり！　私の前じゃ笑顔はほとんど見せないが、一歩外に出ると何故か変身するらしい。それに最近は、間もなく二歳になる孫の勇貴が来た時に飛びっ切りの笑顔を見せる。

女性の友達は、「背が高くて、ガッチリしていて男らしい。みっちゃんが羨ましいわ」なんて言う。だけど私は、韓流スターのイ・ビョンホンのようなスラッとした、見るからに優しいタイプが好きなのだ。たしかに昔は細身でカッコ良かったような気がするが、職場での地位と年齢が上がるのと共に、態度もおなか周りも大きくなって行った。今では昔の面影はほとんどない。メタボのＣＭに推薦したいような体型になってしまったのだ！

老後を仲良く過ごすパートナーの条件は、多少背が低くても、少々不細工でも、とろけるほど優しくて楽しくて話題の豊富な人の方が良い…と三千子は最近思う。

今日、あの人が定年退職を迎える。そして、明日から毎日、あの人と顔を突き合わせなくちゃならないんだわ！

「は〜あ…」と、二つ目の溜め息をつき、気分を変えようと庭に出た三千子の傍らを春の風がふわっ〜と吹き抜けた。そして、三千子の鼻先を桜の花びらがフワリ、フワリと舞いながら落ちて行く。

「あら！」

落ちて来た花びらを少女のようにそっと掌に掬い上げ、樹齢三十年の桜の木を見上げる。するとまた、春の風が通り抜けた。春とは言え吹く風はまだ冷たい。エプロンの上に羽織ったカーディガンを両手で押さえ、慌てて玄関に入る。そして、ふと、玄関横の姿見を見る。と、そこには、地味なエプロンを掛けた中年のオバサンが一人映っていた。

「あ〜あ…」

急いで髪を整えながら、三千子は三つ目の溜め息をついた。

「花の命も、女の命もアッという間だわ…」

三千子も、後半年で六十歳を迎える。

散る桜…

オリエント食品の玄関前庭にある桜の花が、昼過ぎから強まった風に舞っている。花束を抱え満面の笑みの啓輔が、一つ咳払いをして十五名ほどの社員を前に挨拶を始める。

「いよいよ退職の日を迎えました。六十歳という年齢を人生九十年としてカレンダーで表すと、九月の初め、つまり、実りの季節を迎える頃になるのだそうでございます」

啓輔の話に聞き入る社員を見回しながら、啓輔は自分の言葉に酔っていた。

「かの良寛さんの句に、〝散る桜　残る桜も　散る桜〟というのがございます。私は一足先にオリエント食品という大きな桜の木を卒業して参りますが、どうぞ皆様、いつの日か訪れるであろう実りの季節を達成感を持って迎えられますよう先輩として心から願いつつ、今日の日を以てさよならを致します。皆さん本当にありがとう」

抱えていた花束を右手に大きく掲げ手を振る啓輔に、社員から大きな拍手が起こる。数名の社員が近付き啓輔に握手を求める。少し涙ぐみながらも笑顔で握手を返す啓輔。

やがて、頃合を見計らったようにタクシーがゆっくりと啓輔の側に寄る。

「じゃ！」と手を挙げて乗り込む啓輔に、社員からさらに大きな拍手が起こる。

桜吹雪の中、タクシーがゆっくりと滑るように走り出した。会社からの距離が少しずつ少しずつ遠ざかると、啓輔は後部座席に深く座り目を瞑った。

〝父さん、俺はやったよ！　父さんが亡くなって丁度五十年。あの時十歳だった俺も六十になって、半世紀を掛けて父さんの無念を晴らしたんだ！　満開の桜を咲かせたんだよ！〟

目を瞑ったまま、啓輔はガッツポーズをしたい気分だった。

腕を組み感慨に耽る啓輔に、運転手がミラー越しに話し掛ける。

「お客さん、今日、定年退職ですか？」

「ああ」

運転手の言葉に目を開け、肩越しに返事をする。

「そうですか。じゃ、俺と同じ団塊の世代ですね」

「そ〜お、運転手さんも」

浅く腰を掛け直し身を乗り出す啓輔。ミラー越しに映る運転手の顔は、目尻の皺に人の良さが表れている。啓輔は運転席にある社員証の生年月日を見た。

「あれ〜っ、運転手さん。俺と同い年じゃないか！　しかも誕生日もほとんど変わらないよ」

「そうっすか〜」

バックミラーで啓輔を見て嬉しそうな運転手。

「運転手さん、タバコ吸っていい？」

「いいっすよ」

「悪いねえ。なかなか止《や》められなくてさ」

タバコに火を点《つ》け、ふう〜っと煙を吐き出しながら運転手に話し掛ける。

「俺達団塊の世代は、受験も就職も大変だったよな」

「そうですね。中学の時なんか、十クラスもあったんだからね」

運転手が返事をしながら啓輔の側の窓ガラスを小さく開けると、タバコの煙が窓からス〜ッと流れて行く。

「そうだよな。親の因果が子に祟り、子供の代も人数が多くて大変だったし」

「そうそう、うちなんかも出来が悪いから苦労しました。あっ、でもこれは遺伝だから仕方ないか。アハハ」

頭を掻く運転手。

「だけど、お客さん、正直ホッとしたでしょ」

「うん。寂しいようなホッとしたような複雑な心境だよ」

運転手が頷く。

「タクシーの運転手さんには、定年はないの？」

「まあ、実力の世界だからね。でもお客さん、実は私も昔はサラリーマンでね。まあ、性に合わない…っちゅうか、嫌になっちまって途中退社したんですよ」

「へ～え」と聞き役に回る啓輔。

「それから転職三回、結局、今のタクシー会社に就職して。だけど、どこでも大変ですよね、家族食べさせて行くのは」

「そうだな」

「タクシーも、バブルはじけた後は大変で。女房には、男の苦労、分かっちゃいないんだろうな…」

「いや、分かってると思うよ」

「そうすっかねえ。まあ、文句言いながらも毎日弁当作ってくれてるから分かってんのかなあ。エヘヘ」

「へえ、出来た奥さんじゃないか」

「そうっすか？　あっ、スミマセン。お客さんに、こんな事ペラペラ喋っちゃって」

客の啓輔に気を許した自分を恥じるように運転手が頭を掻く。

「いやいや。定年退職の日に乗った運転手さんが、団塊の世代で誕生日も近いって、これもなんかの縁だよな」

気持ち良さそうに煙をプカ～ッとふかしながら話を続ける啓輔。

「俺はたまたま同じ会社で終えられたけど、友達の中にも途中で会社辞めたのもいるし、女房に先立たれたのもいるし、離婚したのもいる。人生色々、男だって色々あるよな」

話してる内に交差点に差し掛かり、赤信号でタクシーが止まる。

ふと窓の外を見る啓輔の目に、通りに面した宝石店の看板が飛び込んで来た。

思い付いたように啓輔が運転手に言う。

「運転手さん、すみません。この先で止めて貰えますか。十分ほどで済むから」

「奥さんにプレゼントですか？」

「うん」

プレゼント…

大きな道路に面した宝石店の前にタクシーが止まり、ドアが開く。啓輔は少し戸惑いながら辺りを見回し、そして、覚悟を決めたように店の中に入って行った。

店に入ると、正面にガラスのショーケースがあり、指輪やネックレスなどが並べられている。宝石店独特の上品な静けさが、啓輔には少し気恥ずかしい。

啓輔がドギマギしていると、若い女性店員が笑顔で近付く。

「いらっしゃいませ。何をお探しですか？」

「いや、女房にね」

「お誕生日ですか？」

「いやいや」

小さく手を振る啓輔の体から汗がジワッと吹き出して来る。

「それでは、何かお気に入りの商品がございましたら、お声を掛けて下さい」

そんな啓輔を見て察したのか、笑顔で離れようとする店員を啓輔が慌てて引き止める。

「実は今日、定年退職でね。その～、長い間苦労を掛けた女房に、何かと思って」

「あっ、そうでしたか」

店員が笑顔で応え、ショーケースを開け探し始める。

「お客様、これはいかがでしょう？」

ダイヤのネックレスを数点取り出し、トレーに置き啓輔に勧める。

「感謝の気持ちはダイヤが一番だと思いますよ。指輪はサイズが分からないと困りますが、ネックレスならどなたにも合いますし」

手に取ってゆっくり品定めしていた啓輔が、ハート型のネックレスを手に取る。

「それ、とてもステキですね。オープンハートはとっても人気があります。それならきっと、奥様も喜んで下さると思いますよ」

「じゃ、これ」

啓輔がホッとして店員にクレジットカードを渡すと、店員が啓輔の前にバラの花の絵柄のメッセージカードを差し出した。

「お言葉を添えると、より気持ちが伝わりますから」

何と書いたらいいか？　…啓輔は考えたが、若い店員の前で長い時間躊躇するのも気恥ずかしく、結局、「妻　三千子へ　長い間支えてくれて本当にありがとう　定年

退職の日　啓輔」と書いて店員に渡した。

「少々お待ち下さい」

店員がネックレスを包装するため奥に入ると、そこに啓輔の携帯電話が鳴った。

「もしもし、高山か。俺、村瀬」

「おお〜、しばらく」

電話は中学校時代からの親友、村瀬信一《むらせしんいち》だ。

「啓《けい》ちゃん、お前、今日、退職の日だったよな。今、どうしてる、暇あるか？」

「えっ？　ああ、大丈夫だ」

「じゃ、これから謙《けん》ちゃんとこで飲まないか？　三《さぶ》ちゃんも呼んどいたし」

「へ〜え、久し振りだな！　行く行く」

電話を握り締め嬉しそうな啓輔。話が決まり啓輔が携帯電話をパタンと閉じると、それを見計らったように店員が笑顔で近付く。

「お待たせ致しました」

きれいに包装されピンクのリボンの掛かった包みを、さらに紙袋に入れてくれようとする店員に、「そのままでいいよ」と言いながら包みを受け取り、カバンの中に無造作に押し込む啓輔の頭の中には、妻、三千子の顔はすでに消え、村瀬を初め中学時代の親友の顔が次々と浮かんでいた。

待たせていたタクシーに乗り込むと啓輔が言った。

「運転手さん、緑町へ行ってくれる。『魚々屋《ととや》』って居酒屋があるんだ。悪いね」

「いえいえ、私の方は遠くなるほど儲かりますから。エへへ」

「中学ン時の友達が集まって、一緒に飲もうって事に急に決まってね」

「そうですか。正直、友達は女房より気持ちが通じますからね」

「そう、そうなんだよ」

運転手の言葉に喜ぶ啓輔を乗せ、タクシーは啓輔が長年通勤に使っていた駅を遠ざかり、親友の待つ『魚々屋《ととや》』に向かって走って行く。

夕闇迫る町の明かりを見つめる啓輔に運転手が聞く。

「お客さん、良いの買えましたか?」

「えっ?」

運転手が、さっきの宝石店の事を聞いている事に気付く啓輔。

「いや~、良く分からないんで、店員に見繕って貰ったよ」

「そうですか、そりゃ良かった」

タクシーが緑町に差し掛かる頃、辺りはすっかり暗闇になっていた。

「お待たせしました」

笑顔で言う運転手に代金を払い、啓輔がタクシーを降りる。

団塊の階段…

紺色の地に白い字で「飲み食い処　居酒屋　魚々屋《ととや》」と染め抜かれた暖簾《のれん》を懐かしそうにくぐる啓輔。

「こんばんは～」

引き戸をガラガラと開け声を掛けると、店の奥から元気な声が返って来た。

「おお～、待ってたぞ～！」

奥の座敷では、村瀬信一と坂本三郎《さかもとさぶろう》がすでに酒を酌み交わしている。

満面の笑顔で迎える二人に、啓輔も手を挙げて応えた。

「おお～、久し振り～！」

村瀬が、ここだ、ここだというように手招きする。

「急に悪かったたな」

「いやいや、嬉しいよ」

カウンター越しの厨房で調理していた店主の松村謙一《まつむらけんいち》も啓輔に声を掛ける。

「いらっしゃい！」

「おお～！」

松村に手を挙げると、奥の厨房から妻の松村美保《まつむらみほ》も顔を見せる。

「高山さん、いらっしゃいませ～」

「奥さん、どうも！　お世話になります」

啓輔は、笑顔の美保に会釈して、抱えていた花束とカバンを空いている座席にポンと置いた。

「謙ちゃん、お前も来いよ。奥さん、悪いねぇ」

村瀬が厨房の松村謙一に向かって話し掛け、隣の美保に了解を求める。

「いえいえ、仕込みはしといて貰ったし、まだ時間が早いから大丈夫ですよ」

美保が笑顔で応える。

中学時代の親友とあって、集まればお互い名字でなく〝ちゃん付け〟となる。

松村謙一は謙《けん》ちゃん、村瀬信一は信《しん》ちゃん、坂本三郎は三《さぶ》ちゃん、そして啓輔は啓《けい》ちゃんだ。

村瀬に呼ばれた松村が店の奥から顔を出し三人に加わると、団塊のオジさん四人の賑やかで懐かしい飲み会が始まった。

「とにかく、おめでとう！　晴れて自由の身になったな」

ムードメーカー村瀬の音頭取りで、ジョッキを高く掲げ笑顔で乾杯する四人。

「ありがとう！　退職の日に親友三人と飲めるなんて、俺は幸せ者だ」

「で、啓《けい》ちゃん、この後、仕事はどうするんだ？」

「あ〜！　旨い！」

ビールをゴックンと飲み干し啓輔が答える。

「うん。ジッとしてても身が持たないから、二、三か月ゆっくりしたらまた働くよ。子会社の役員って話があるんだ」

「いいなあ。支社長で終わって子会社の役員か。俺も会社人間で我慢してれば良かったかな。まあ、今となっては遅いけど」

サラリーマンを途中で辞めて、居酒屋を経営している松村が羨ましそうに言う。

「役員たって肩書きだけさ。所詮雇われの身だ。それに引き換え、信《しん》ちゃんは、自由気儘なフリーのライターで、謙《けん》ちゃんはここのオーナー。三《さぶ》ちゃんは代々続く酒屋の社長。みんな一国一城の主《あるじ》じゃないか。こっちこそ羨ましいぜ」

「とにかくみんな、団塊の階段をコツコツ歩いて来たんだよ。だけど、六十になっても気持ちだけは歳を取らないから不思議だよな」

村瀬の言葉に一同が〝うんうん〟と頷く。

「店、改装したのか？　いい雰囲気になったじゃないか」

啓輔が店内を見回し、松村の肩を叩く。

「うん、まあな。だけど、ローン組んだから貧乏暇なしだよ」

松村が笑うと、酒屋の坂本が口を挟んだ。

「謙《けん》ちゃんにはうちの酒を買って貰ってるんだ。大型店が台頭して来てる中で、うちみたいな小さい酒屋にとっては有り難い事だよ」

「へ～え、そうなのか！」

しきりに感心する啓輔に、村瀬が嬉しそうに言う。

「我ら四人の友情は不滅ってワケだ。まあ、啓《けい》ちゃんがゆっくり出来る内に、四人でせいぜいゴルフでもしようぜ」

「うん、頼むよ。ゴルフは、気の置けない仲間と行くのが一番だからな。接待ゴルフん時は、手を抜こうとすればするほど力が上手く抜けていいショットが出たりしてさ。変な気の使い方するからちっとも面白くない」

「アッハハハハハ！」

ますます盛り上がる四人。

「じゃ、さっそく、来週辺りどうだ？」

「意義な～し！」

村瀬の提案に全員が賛成する。

嵐の予感…

その頃、高山啓輔の妻、三千子は電話の受話器を耳に当て首を捻っていた。

茶の間の柱時計は七時を指している。

「おかしいわねえ」

さっきから何度も啓輔の携帯電話に連絡を取っているが、啓輔からの応答はない。

仕方なく電話を切り、出来たばかりの料理をキッチンからダイニングテーブルの上に並べていると、玄関のチャイムが鳴った。啓輔かと、インターホンの画面を見ると、隣県に住む次男の高山浩史の顔が映っている。

「母さん、ただ今。遅くなっちゃってごめん」

「あっ、浩史。来られたの？　今、開けるわね」

三千子が玄関を開けると、浩史が大きなゴルフバッグを持って入って来る。

「これ、父さんへのプレゼント。兄貴と二人で相談してさ。兄貴はまだ？」

「ええ、まだよ」

「主役は？」

啓輔の座る定位置を見る浩史に、三千子が不満そうに言う。

「それがね、さっきから何度も携帯に電話してるんだけど出ないのよ。今日は早く帰るって言ったのにおかしいわね」

「急に何か用事が入ったんじゃない」

買ったばかりのゴルフバッグをテレビの横に置き、改めて眺める浩史。

「ねえ母さん、父さん、気に入ってくれるかな〜？」

「私に聞いても、分かんないわよ」

不満そうな三千子の様子に気付く様子もなくゴルフバッグを点検する浩史を横目に、三千子が再びキッチンに立とうとすると、また玄関のチャイムが鳴る。

「あっ、俺が出るよ」

玄関に向かった浩史が、長男の高山貴史と話しながら入って来る。貴史の後には妻の弘美と弘美に抱っこされた孫の勇貴がいる。

「母さん、遅くなってごめん」

「お義母さん、こんばんは」

「ご苦労様。仕事、忙しいんでしょ！　悪いわね」

弘美が勇貴を腕から下ろすと、勇貴は物珍しそうにトコトコ歩き出した。

「まあ、勇ちゃん、よく来たわね～」

三千子が勇貴を抱っこしようと手を広げるが、勇貴は三千子の側まで駆けて来てニコッと笑ったかと思うと、クルッと向きを変え再び弘美に抱き付いた。

「まあ、勇ちゃんったら！　やっぱり、ママにはかなわないわね」

目尻に年相応の皺を作り、照れ笑いをする三千子。

「母さん、父さんは？」

「それがまだなのよ。まあ、取り敢えず座ってて」

貴史と浩史の兄弟が席に着き、お互いの近況などを話し合っていると、茶の間の柱時計が七時半を告げた。

「父さん、遅いね。今日は早く帰って来るんだろ？」

「ええ。朝も、ちゃんと確認したのよ。どうしたのかしら」

「携帯に電話してみたら」

「それが、何度も電話入れてるんだけど…」

啓輔の携帯電話に再び電話する三千子。

「やっぱり出ないわ。事故でもなきゃいいけど」

電話を切り心配そうに首をひねる三千子に、浩史と貴史が交互に声を掛ける。

「大丈夫だよ。便りのないのが良い便り…ってね」

「そうだよ。退職したからって、一応支社長だったんだし、何か急な用事が入ったんじゃないの。浩史も遠くから駆け付けてくれた事だし、始めてようよ」

「そうね。じゃ、始めちゃいましょうか！」

ワザと元気良く台所に立つ三千子。何か手伝おうと弘美も三千子の後に続く。

「弘美さん、ごめんね。せっかく来てくれたのに主役がいなくちゃねえ。きっと仕事が入ったんだわ。よくある事だから。お父さん、仕事が一番で来たから」

「まあ！　じゃ、お義母《かあ》さん、家庭は何番ですか？」

弘美がくったくのない笑顔で三千子に質問する。

「そうねえ。三番、いいえ、四番か五番かなあ？」

「あら、やだ！　私はせめて二番じゃなきゃ、貴史さんとすぐ離婚だわ」

三千子は姑の前でこんな事を言える嫁を羨ましく思った。

「二人で何喋ってんの？　早く始めようよ」

貴史が何やら賑やかな台所を振り返り、笑いながら二人をせかす。

「ナイショよ！　ね、お義母《かあ》さん」

弘美が三千子にイタズラっぽく笑い掛け、肩をすくめる。

貴史の乾杯で、主役のいない祝いの会が始まった。

それぞれの事情…

その頃、「居酒屋　魚々屋《ととや》」の店内では、青年にはほど遠く、中年と呼ぶには少し遅く、老人と呼ぶには元気過ぎる男達四人が四方山《よもやま》話に花を咲かせ、少年のように笑っていた。店内入り口のハンガーに掛けられた啓輔の背広のポケットの中で、携帯電話がしきりに鳴っていたが話に夢中で誰一人として気付かない。

話の途中、坂本が思い出したように啓輔に聞いた。

「そういやあ、急に呼び出したけど、連絡しなくて大丈夫か？」

「女房か？　あいつなら大丈夫だ。女房より親友の方が大事さ。アハハハ！」

恐妻家の坂本の心配も意に介さない。バツイチの村瀬も口を挟む。

「熟年離婚が流行《はや》ってるからな。退職したらダンナの面倒みるのはゴメン。退職金半分貰って、ハイ、サヨナラ…ってさ」

「アハハ！　バツイチのお前に言われたくないぜ」

村瀬の真剣な表情がおかしいと、笑いながらタバコに火を点ける啓輔。

「ああ、美味い！　自由の身で吸うタバコの味は、また格別だな」

啓輔がタバコの煙をプカ〜ッと吐き出す。

「笑い事じゃないぞ！　離婚経験者だからこそ言うんだ」

「うちの奴は信《しん》ちゃんとことは違うよ。信ちゃんとこの奥さんはキャリアウーマンで稼ぎがあったからな」

タバコの灰を灰皿でポンとはたく啓輔。

「おまけに美人でスタイルもいいし。うちの奴なんか平凡で何の取り柄もない」

そんな啓輔を村瀬が脅かす。

「そんな事ないぞ。ポチャッとしてて、男好きのする可愛い顔してるじゃないか。油断するなよ」

「男好き？　まさか！　アハハハハ」

啓輔は、村瀬がそんな風に考えていた事に驚く。

「俺の元女房なんか、男勝りでツンとしてて、本当に可愛くなかったな」

村瀬と村瀬の元妻は大学時代の同級生で、二人とも教師になった。

何事にも熱心に取り組む妻とは対照的に、村瀬は出世を望まず一介の教師で満足していた。そんな夫に不満を募らせる妻は夫を責めた。そして、そんな鬱憤《うっぷん》を晴らすように村瀬は教師という立場を忘れて遊んだ。やがて村瀬は、家庭でも職場でも生き辛くなって行った。そして、妻が教頭になった頃、村瀬は教師を辞めフリーのライターになったのだ。

「何言ってんだ。お前にはもったいないような奥さんだったじゃないか」

村瀬のグラスにビールを注ぎながら冷やかす啓輔。

「だからダメだったんだよな。俺は、〝でも・しか〟先生だったしな」

当時、「でも・しか先生」という言葉が流行《はや》ったが、「先生〝でも〟やってみるか」「先生〝しか〟なれない」という意味で、村瀬はまさにそれだった。

「立派過ぎるというか。まあ、色々あって結局離婚したけど、この歳になると、努力が足りなかったのかな…なんて思うんだよ。今となっては後悔先に立たずだけどさ」

「そうだよ。俺んとこみたいに、死んでから後悔したって遅いぞ」

店の奥の美保を気にしながら松村が小声で話す。松村の最初の妻は病死しており、美保は二度目だ。

「謙《けん》ちゃんが四十代半ばで脱サラして居酒屋始めるって聞いた時はビックリしたよな～」

村瀬の言葉に啓輔と坂本が大きく頷き松村を見つめる。そんな三人の顔を順番に見つめながら、松村がゆっくりとした口調で話し出した。

「ほら、『四十八歳の抵抗』って小説があるだろ。何か別の人生はないだろうか、とか、もっと生き甲斐のある人生はないだろうか、とかさ」

「そうだよな。ぐずぐずしてると五十になる、五十五になるっていう脅迫観念だよな。男としての最後の抵抗。俺もそれで遊び過ぎた」

苦笑いする村瀬。松村が厨房の美保を気にしながらさらに続ける。

「俺の場合、サラリーマンを続けるのがいやになっちゃってさ。それで何をやろうかって思った時、客商売好きだし、料理も好きだし、居酒屋なら客呼べる自信はあったんだ。だけど、親戚や前の女房にもずいぶん反対されてさ。それでも無理やり押し通したんだ。さんざん苦労させて、経営が何とか軌道に乗った矢先、病気になっちまって。元々体も弱かったけど…」

啓輔が松村のグラスにビールを継ぎ足しながら聞く。

「亡くなってもう何年だ?」

「七年…かな?」

松村の言葉に一瞬シンミリとするが、村瀬がイタズラっぽい顔で松村を見る。

「でも、お前はその後、従業員として面接に来た若い美保ちゃんと再婚!」

肩をポンと叩いて冷やかす村瀬に、松村がさらに小声で続ける。

「若いったって四十八だ。最初は結婚する気はなかったんだよ。お世辞にも美人とは言えないし、スタイルもイマイチだし…」

厨房にいる美保は、確かに顔も体もLサイズだ。

「まあ、前の女房と違って体と心だけは丈夫だが」

「な〜に言ってんだよ。贅沢言うんじゃないよ。四十八って言やあ、一回りも若いじゃないか! こりゃ犯罪だよ、なあ」

村瀬が啓輔と坂本に同意を求め、松村が頭を掻く。

するど気付いたのか、厨房の美保が笑いながら話し掛けて来る。

「な～に？　また私を肴に楽しいお酒飲んでるんでしょ？　美人は辛いわ～！」

豪快に笑う美保に、一同も釣られて大笑いする。

笑いが少し収まった頃、村瀬が啓輔に言う。

「お前は順調だったよな。仕事もバリバリで、浮気も上手にごまかしてさ」

「おいおい、こっちに飛び火か？」

苦笑いする啓輔。

華の盛り…

十五年前。男盛りの四十五歳。高山啓輔はオリエント食品の営業部第一課長として君臨し、若さと自信に溢れていた。身長百八十センチ、体重八十キロの体から醸し出される男臭さは回りを圧倒し、先輩からは一目置かれ、同僚からは羨望の的となり、後輩からは慕われ、充実した毎日を送っていた。

課の中央にある一際大きな机には、「高山課長」と書かれた大きな席札が置かれ、啓輔がドンと座り電話で部下に指示をしている。

「アッハッハ！　そうだ。大丈夫だ。心配するな！」

豪快に仕事をこなす啓輔は、女性社員からも憧れられていた。

電話を切った啓輔が、ふ～っと息をつき部下の松本裕子に声を掛ける。

「松本君！」

啓輔が手でお茶を飲むしぐさをすると、裕子が笑顔で立上がり間もなく冷たい麦茶を運んで来る。裕子は、痒いところに手の届く有能な秘書でもあった。

冷たい麦茶を、喉を鳴らしながら美味しそうにゴクンゴクンと飲み干す啓輔。

「あ～、旨い！　ありがとう」

裕子を見つめニコッと笑う啓輔。そんな啓輔を微笑み返す裕子。

二十七歳にしては童顔で目のクリッとした裕子は、男性社員にも人気があった。

コスモスの花のごとく清楚に咲いていたかと思うと、マーガレットのように無邪気に笑い、ヒマワリのような笑顔で回りを明るく和ませた。

裕子には、結婚を約束した恋人がいたが、彼の裏切りで別れたのだという噂があった。そんな辛い過去の話を、やがて裕子は自分から啓輔に打ち明けた。

そんな裕子に、啓輔は、上司と部下としてではなく一人の女性としてトキメキを覚えていた。家庭を持つ身でありながら胸の張り裂けるような思い。出張先の火遊びとしての浮気はあったが、こんな思いは初めてだった。

それは裕子も同じで、部下として仕えるうちに啓輔を一人の男性として意識するようになり、いつしか二人は愛し合う仲になって行った。

その後、啓輔が仙台支社へ転勤した後も、会社の人間も三千子も知らないところで二人の仲は深く静かに続いていた。が、数年後、三十歳になった裕子の結婚という形で別れは突然訪れた。相手は元恋人の男性で、バツイチとなって改めて裕子の存在の大きさを知ったのだと、裕子本人の口から聞かされた。裕子もやはりその男が忘れられなかったのだろう。

啓輔との歳月は、裕子を真紅のバラのごとき大人の女に変えた。

女としての花の盛りを自分のために捧げてくれた裕子に、男として責任を感じていた啓輔は、内心ホッとすると同時に一抹の寂しさも感じていた。

だが、〝男としての最後の抵抗〟をさせてくれた裕子に心から感謝し、元上司として快く送り出してやったのだった。

嵐の前の…

村瀬がジョッキに残っていたビールを飲み干しながら啓輔に聞く。

「あの娘《こ》はどうした？　ほら、いつか仙台でゴルフした時連れて来た娘《こ》」

「えっ？」

ごまかそうとする啓輔に村瀬は「時効だからいいだろ！」と言って食い下がる。

「あ～あれか。あれは、だいぶ前に結婚したよ」

「奥さんにはバレなかったのか？」

「う～ん。たぶんバレちゃいないさ」

坂本が羨ましそうに言う。

「お前はどうゆう訳か、もてるからな。だけど、女には気を付けろよ」

「さんざ遊んだから、もうとっくに卒業だ」

「まあ、とにかく歳取ってから面倒看てくれるのは、何と言っても女房だからな。俺達団塊の世代が結婚した頃は、〝家つき・カーつき・ババ抜き〟って言葉が流行ってたろ。俺なんか、三郎《さぶろう》って名前だからさ、うちの女房なんか、『三郎《さぶろう》っていうから三男だと思って付き合ったら、長男だった』って散々愚痴言われてさ。昔は、長男の嫁は親と同居が当たり前だったからな。そういやあ、啓《けい》ちゃんも確か長男だったよな?」

「うん、正真正銘の長男だよ。俺の名前は親父の戦友の名前らしいよ。上、二人が女だったから、親父が『次に男の子が出来たら付けよう』と言って付けたんだそうだ。親父は俺が小学生の時に亡くなっちゃったろ。親父とこうして居酒屋か何かで一杯飲みながら、その戦友の話でも聞きたかったなあ…なんて思うよ」

「啓ちゃんとこの親父さんは、そんなに早く亡くなったのか。俺の親父は五十九だったよ。親の亡くなった歳って気になるよな。無事クリアーするとホッとする」

村瀬の言葉に、皆、うんうんと頷く。

親が早く亡くなった子供にとって、亡くなった親の歳は一つの鬼門なのかもしれない。〝無事クリアーするとホッとする〟と言った村瀬の言葉は還暦を迎えた四人の胸に染みた。坂本がさらに続ける。

「俺んとこはお袋が六十二だったから、二人の姉《ねえ》ちゃんも気にしてたな。親父はまだ元気で、最近はパソコン覚えてオフ会なんか行ったりしてるよ。アハハ」

「三《さぶ》ちゃんとこも姉《ねえ》ちゃん二人か?」

啓輔が聞く。

「うん。長女が一代《かずよ》で、次女が二三子《ふみこ》。俺は三番目だから三郎《さぶろう》ってだけなのに、女房は『だまされた！』って言ってさ。何かと苦労させたから、今でも頭は上がらないよ。そう言えば村瀬んとこは上に兄貴がいたよな？　なんで信一《しんいち》なんだよ」

「ああ。俺んとこは親父が一郎だったから兄弟全員に一《いち》が付くんだよ。俺は五番目で末っ子だけど信一《しんいち》。女房はラッキーって言ってたな。それなのに離婚だ！」

村瀬が首をすくませて笑うと、他のみんなも笑い出す。

ひとしきり笑った後、村瀬が啓輔の顔を見てつぶやいた。

「とにかく男は、歳とって話し相手がいないと寂しいもんだ。だから気を付けろって事さ」

「ハハハ！　俺んちは大丈夫だ。専業主婦で呑気なもんさ。結婚してから、ずっ〜と俺が食べさせて来たんだし、文句言わせるもんか」

「おいおい、『食べさせて来た』なんて言ってると、今にエライ事になるぞ！　何があっても知らんからな」

自信たっぷりの啓輔に、村瀬が真剣な顔で釘を刺した。

花冷え…

夜桜が庭に舞う二世代住宅の前に、一台のタクシーが止まった。タクシーの明かりが、門柱の『高山』の表札を映し出している。タクシーから降りたほろ酔い気分の啓輔が千鳥足で玄関に向かう。手には、カバンと、包装紙がクチャクチャになってしまった大きな花束を抱えている。

啓輔は体をブルッと震わせた。タクシーの車内が暖かかった分、夜風が身に染みる。桜の花が咲いたとは言え、花冷えの季節なのだ。

啓輔は玄関のチャイムを何度も鳴らした。

「お〜い、俺だ！　今帰ったぞ」

返事がないのでもう一度叫ぶ。

「お〜い、三千子！」

すると、玄関の明かりがパッと点き、パジャマの襟を手で押さえながら三千子がムスッとした顔で鍵を開ける。

「あなた、もう一時よ。ご近所迷惑でしょ！」

三千子に睨まれ、啓輔は酔いがいっぺんに醒めて行くのを感じた。

「貴史も浩史も九時まで待ってたけど、明日仕事だからって帰っちゃったわ」

「えっ？　来てたのか？」

三千子が呆れたように顔を曇らせる。

「忘れちゃったの？　信じられないわ。今日は感謝の意味を込めて、みんなでお祝いする事になってたじゃないの。勇貴も眠くなっちゃうし。弘美さんも呆れていたわよ」

「勇貴も来てたのか……」

啓輔が頭を掻きながら三千子に花束を渡す。三千子は花が大好きなのだ。

「会社で貰ったんだ」

いつもなら言う〝ありがとう〟も言わず、三千子は黙って花束を受け取った。

「弘美さんには、男には色んな付き合いがあるから…ってごまかしといたから」

「村瀬達が飲もうって誘ってくれたんだ。中学、高校と一緒でお前より長い付き合いなんだ。せっかくだし、断るわけにもいかんだろ」

〝お前より長い付き合い〟なんて言葉は余分だわ…と思いながらも、三千子は花束に顔を近付け香りを嗅ぐ。

「い～い香り。でも、ヨレヨレになっちゃって。お花がかわいそう」

花束を抱え、ふうっと溜め息をつきながらリビングへ移動する三千子。その後を、チョッピリ不満そうな顔付きの啓輔がふらふらと付いて行く。

リビングのソファーにドカッと座り、ネクタイを緩めながら啓輔が言う。

「とにかく、三十八年勤めた会社を無事に定年退職したんだ。ありがとう…くらい言ったって罰は当たらんだろ」

花を見つめたまま、無言の三千子に、

「誰のお陰で暮らして来れたと思ってるんだ」

啓輔は言ってしまった！　言ってはいけない言葉を！

そんな啓輔を、悲しそうに見つめる三千子。

「何だ、その眼は。何か文句があるのか」

少し間を置いて、三千子はようやく口を開いた。

「長い間、お疲れ様でした。本当に感謝してるわ」

「何だ。奥歯に物の挟まったような言い方して」

「そりゃ感謝してるわよ。でも、そんな言い方ないでしょ」

口を尖らせる三千子。

「感謝してるからこそ、子供達もプレゼント持って駆け付けて…」

テレビの隣に置かれたゴルフバッグに目をやる三千子。

「私だってお料理もいっぱい作って…」

三千子が悔しそうに続けた。

「遅くなるなら連絡くらいしてくれてもいいでしょ！」

三千子は怒りながらキッチンに行き、蛇口を捻った。バケツに水が溜まる。三千子の目にも涙が溜まる。

「お前こそ電話を寄越せばいいじゃないか」

「したわよ、何度も！」

三千子は抱えていた花束をバケツにバサッと入れ、吐き出すように言った。

「もうたくさん！」

三千子は、そのままリビングの出口へ向かい、ドアをバタンと締め出て行った。

階段を昇る三千子の激しい足音に、ポカンとする啓輔。少しして気を取り直した啓輔は、携帯の着信を確かめた。着信履歴は六回も残されていた。

夜明けの激震…

夜が明けた。ワイシャツ姿のままリビングのソファーで寝ている啓輔の体には、毛布が掛けられていた。

柱時計が午前七時を指す頃、三千子がリビングにソッと入って来た。啓輔を一瞥し台所に向かう。いつものように朝食を作るのだ。

〝トントントン…〟

啓輔が目を覚ます。いつもの朝の音だ。

〝仕事に行かねば！〟

一瞬、啓輔に緊張が走る。

しかし次の瞬間、緊張が緩んだ。

〝そうだ！　俺は昨日をもって退職したのだ！　もう自由の身なんだ！〟

そう思った瞬間、今度は頭がズキズキと痛んだ。そうか、夕べは信《しん》ちゃん達と飲んだんだ。そして、夜遅く帰って来た。そして…。

啓輔の頭に、夕べの三千子とのやり取りが浮かんだ。だが、台所では妻のいつものまな板の音がしている。あれは、夢だったのか？

〝トントントン…〟

だが、いつものリズムより心なしか強く激しく感じる。

ズキズキ痛む頭を左右に振り、啓輔は夢から現実に戻った。

〝まだ怒っているのだろうか？〟

啓輔は意を決してソファーから起き上がった。

「あ～、良く寝た」

と言いながら伸びをし、横目で三千子を見るが、台所に立つ三千子の後ろ姿に反応はない。やっぱり怒っているのか。仕方なく窓際に生けられた花に目をやる。昨日、会社の女子社員から渡された花だ。大きくて豪華だ！　花の名前はほとんど分からない啓輔も、きれいだなと思う。三千子に声を掛けてみるか！

「きれいだな、花」

やはり反応はない。何で返事をしないんだ！　啓輔は少し戸惑った後、

「おい、新聞！」

いつものように言ってみる。すると、少し間をおいて三千子が振り向いた。

「今日からあなた、新聞は自分で取って来て下さい」

啓輔はムッとして何か言おうとするが、黙って新聞を取りに玄関へ向かった。

三千子が啓輔を呼ぶ時、『あなた』という時は怒っている証拠なのだ。

新聞を手に啓輔がリビングに戻ると、三千子が朝食をテーブルに運んで来る。

啓輔は、気を取り直してテーブルの上の料理を見ながらつぶやいてみた。

「うん、旨そうだな」

淡々と料理を並べる三千子の顔色を、啓輔が恐る恐る窺う。まだ怒っているようだ。〝まあいいか。そのうち機嫌も直るだろう…〟啓輔はそう考えた。

料理が並び終わった。〝さあ食べるとするか！〟啓輔は新聞をテーブルの端に置き料理に手を延ばそうとしたその時、三千子が啓輔をキッと睨んだ。

「着替えて顔くらい洗って来たら」

啓輔は、そんな三千子についに怒りが爆発した。

「さっきから…、いや、夕べから何だ！　三十八年も同じ会社で頑張って、家族のために一生懸命働いて来たんじゃないか！　何が不満なんだ！」

三千子がお盆をテーブルに置き、啓輔の向かいの席に座る。

「お父さんには本当に感謝してます。でも…」

口ごもる三千子。

「でも、何だ！」

「それです！　その言い方が堪らないんです！　いつも命令口調で…」

「それは男だから少しはキツイ言い方するかも知れないが、俺がお前に暴力振るった事あるか？　お前に生活の苦労させた事あるか？」

「それはないけど…」

「そうだろ！」

唇を噛み、声を震わせる三千子。

「でも、私が風邪をひいて寝込んでたって看病どころか食事も作らせるし、『三食昼寝付きはいいな』って言ったわ。咳をしていたって側で平気でタバコをプカプカ吸うし……」

三千子がヒクヒク泣き始めた。

「連絡もなく突然、会社の人を何人も連れて来て、すぐ料理と酒を出せってエバったし…」

ティッシュの箱に手を延ばしながらさらに続ける。

「お義母《かあ》さんが病院に入院して、私が泊まり込んでた時に、あなた、そのスキを狙って若い娘《こ》連れてゴルフに行ったじゃないですか！」

「あれは、お前、その、何年も前だし…」

三千子に圧倒され、たじろぐ啓輔。

「それにあなた、お義母《かあ》さんが亡くなった後、何て言ったか覚えてる？」

「うっ？　何て言ったかな」

「『介護って言うけど、お前、何した？』って。それまでの気苦労なんて何にも分かってないいんだって思って、私、本当にショックだったわ」

頭を掻く啓輔。

「家事も子育ても介護も、み～んな私に任せっきり。人の気持ちも都合も全然考えないんだから」

口を挟もうとする啓輔を遮る様に三千子が続ける。

「お義姉《ねえ》さん達にだって、『専業主婦は気楽でいいわね。その分、お義母《かあ》さん大事にしてね』って言われて。私、一生懸命尽くして来たつもりよ。それなのに…」

啓輔の姉二人は、看護師、教師としてそれぞれ社会の第一線で働いていた。当時の女性が社会進出するのは比較的珍しい事だったが、それは義父に突然亡くなられ、たった一人で三人の子供達を育てるために苦労した義母の考えでもあった。専業主婦であった義母は、義父の死後に看護師の免許を取り、三人の子供達それぞれに教育を受けさせたのだ。以来、六十歳の定年まで看護師として働き続けた。十年前に脳梗塞で倒れ、数年の入院の後に七十五歳で亡くなったのだが、長男の嫁である三千子も大切にしてくれた。それでもやはり、一つ屋根の下に主婦が二人いるというのは気を遣うものだったが、幸い、趣味の多かった義母は外出する事が多く、いわゆる嫁姑の争いはほとんどなかった。


「お義母《かあ》さんも見送ったし、そろそろ私もわがまま言わせて貰っても良いわよね」

涙を溜め、決意を秘めた目で、三千子は啓輔を睨んだ。

気を取り直しタバコに火を点ける啓輔。

「…で、お前は、いったい、どうしたいんだ?」

三千子が、エプロンのポケットから折り畳んだ紙を取り出す。

「これ」

三千子の差し出す用紙を開き驚く啓輔。

「り、離婚届?　お前、離婚したいのか?」

「そうです」

そこに、突然電話が鳴る。ティッシュで鼻をかみ、一つ咳払いをして三千子が電話に出る。

「はい、高山でございます」

「母さん。俺、貴史」

「あっ、貴史。昨日はご苦労様」

「親父、帰って来た？」

「あっ、ええ。皆が帰って少しして」

「そうか。まだ寝てるの？」

「いいえ、起きてるわよ。代わろうか？」

「うん」

三千子が啓輔の方に向き直り、電話器を渡そうとする。

「あなた、貴史から」

タバコの火を消し、三千子から渡された受話器を受け取ろうとするが、一瞬考えてから話し口を押さえ、三千子に小声で聞く。

「さっきの事、子供達に言ったのか？」

首を横に振る三千子に、安心した表情で電話口に出る啓輔。

「貴史か？　昨日は悪かったな。村瀬達が急に飲もうって言うもんだから」

「いいんだよ。母さんは心配してたけど」

「うん」

「とにかく長い間、お疲れ様でした」

貴史に礼を言われ、照れくささから話題を変える。

「うん。勇貴は大きくなったろうな」

「もう、片言《かたこと》を喋るよ」

「そうか。また来いよ」

「分かった。じゃあ」

電話を切ろうとする貴史に啓輔が慌てて話を続ける。

「あっ、貴史、ゴルフバッグありがとな」

「浩史と相談して決めたんだ。まだまだスコアアップして頑張ってくれよ」

「ちょうど良かったよ。来週、村瀬達とゴルフに行く事になったんだ」

「そう！　そりゃ良かった。今度、俺と浩史も連れてってくれよ」

「うん、分かった」

笑顔で電話を切り、食卓に座り直す啓輔。

「勇貴、大きくなったか？」

「ええ」

再びタバコに手を延ばそうとする啓輔に、三千子がブスッとしたまま言う。

「あなた、着替えて顔洗って来たら」

「そうだな」

素直に頷き、啓輔はカバンを持って奥の寝室へ向かう。寝室に入り、持っていたカバンを入り口の壁に立て掛けようとした瞬間、カバンがバタンと倒れ、中からピンクのリボンの掛かった小さな箱が飛び出した。

啓輔は〝アッ！〟と思った。それは、三千子へ感謝を込めて買ったプレゼントのネックレスだったのだ。

啓輔はそれを手に取り考えた。

〝三千子に渡すべきか、否か〟

三千子の顔を思い浮かべる。まだ怒っているようだ。こんな時、ヘタに渡して皮肉を言われてもかなわない。啓輔は、ソレを寝室の洋服ダンスの一番上にある小引き出しの一番奥に押し込むようにして蔵《しま》った。

啓輔は、普段着に着替え洗面台で顔を洗う。気持ち良い！　タオルで顔をゴシゴシ拭きながら鏡をマジマジと見る。

「シワ、増えたな。六十だもんな」

啓輔は独り言をつぶやいた。そして、意を決して三千子の待つダイニングに向かった。


春雷…


「さっきの続きだけど…」

啓輔がダイニングテーブルに座ると、三千子が口を開いた。啓輔はウンザリした表情で座り直した。

「考え直す余地、ないのかい?」

気を静めようとタバコに火を点けようとする。

「結婚して三十五年よ」

「うん」

「一つ屋根の下にいても…って言うか、いるからこそ…って言うか、お互い、感謝とかドキドキする気持ちとか薄れて来てると思うの」

吐き出したタバコの煙が、天井に向かってス〜ッと立ち昇って行く。

「あなたは家族のために頑張って来たって言いますけど、私だってそれなりにやって来たわ。あなたは認めてくれないけど」

「そんな事はないさ。感謝してるさ」

啓輔が身を乗り出し三千子の顔を見る。そんな啓輔を睨み返すようにして、三千子は大きく息を吸い込むと思い切って言った。

「あなたの定年に合わせて、私もあなたの妻という職場から定年になりたいんです。自由になりたいんです」

真っ直ぐに啓輔を見つめる三千子に、ただただ動揺する啓輔。

「自由になって何するんだ？」

「とにかく生きている実感が欲しいんです。私を認めてくれる何かが欲しいんです」

啓輔は落ち着こうとし、ふ〜っと息をついた。

「あなたは本当にワンマンだったわ。自分の事しか関心ないし、私が髪を切ろうが、どんな洋服を着ようが、私を一度だってきれいだとか言ってくれなかった」

「そんな事か！　アハハ！」

「そんな事が女には大切なんです。口に出さなきゃ分かんないんです。主婦だって褒められて自信を持ちたいんです」

「そうか。いや、照れくさくて言わなかっただけで、そのお、お前は歳の割には若いし、愛嬌のある可愛い顔してるし…」

「今さら何を言っても遅いわよ」

満更でもなさそうな三千子。

「で、本当に別れたいのか？」

「そうです」

「だってお前…」

「稼ぎがないのに、どうするんだ？　住む所はどうするんだ？　って言いたいのね」

思ってた通りの事を言われ、啓輔は言葉を返せない。

「五年前から習ってたフラワーアレンジメント…」

思い掛けない三千子の言葉は、啓輔の古びた脳味噌の想像を超えていた。

姑を見送って少ししてから、三千子は趣味の多かった姑を見習って、いくつものカルチャーセンターに通っていた。水泳、コーラス、英会話。スクールが終わった後の友人とのお喋りの方が楽しく、どれもそれほど熱心ではなかったが、フラワーアレンジメントだけは別だった。元々、花が好きだった事もあるが、その楽しさにのめり込み、次第にステップアップしていった。啓輔も三千子が趣味を広げている事は知っていたが、詳しくは知らなかったし、知ろうともしなかった。

「フラワー？　アレンジ？　教えるのか？」

ふっと笑う啓輔に、三千子が頷く。

「生徒は来るのか？」

啓輔の言葉に、三千子が、啓輔をキッとにらむ。

「今、流行《はや》ってるのよ。私、指導者の資格取ったの。今行ってる教室の支部を出さないか？　…って言われてるし」

自信に溢れた三千子の表情に驚く啓輔。

「それに、言いたくないけど、この土地は私の実家から貰って私の名義。家はあなたの名義」

啓輔はスッカリ忘れていたが、確かにこの土地は、三千子の父から遺産相続分として譲り受けたものだった。三千子の実家は土地持ちでたくさん所有していたが、それだけに父は、自分が亡くなってからの骨肉の争いを心配し、親の生きているうちにと兄弟に平等になるように生前贈与したのだった。

三千子がさらに何を言おうとするのか見当が付かず、不安そうな啓輔。

「幸か不幸か、ワンマンなあなたが造った二世代住宅の片方を教室として使わせて貰います」

思い出したように三千子が言う。

「だいたい、今時《いまどき》の子供達は、親と一緒になんか住みたがりませんよ。それを相談もなく勝手にドンドン造っちゃうんですもの。だから貴史も浩史もめったに寄り付かないのよ」

無言のまま、腕を組む啓輔。

啓輔は二世代住宅に息子夫婦と住むのが夢だった。家長として絶大な権威を奮い家を纏《まと》めて行く。それは、幼くして父を亡くした啓輔の理想の家族の実現だったのだ。

家を建てると決めた啓輔は、三千子や息子達に相談する事なく計画をドンドン進めた。啓輔は大工さんにキビキビと指示を与え、三千子はそんな夫に黙って従い、大工さん達に笑顔でお茶を出し甲斐甲斐しく働いた。

そして啓輔は、友人・知人にも得意満面で理想の家族のあり方を語ったのだ。

「こんな大きな家、有効に使わなきゃ、もったいないでしょ」

組んでいた腕を解いて啓輔が言った言葉は、三千子の怒りをますます買う事になった。

「で、俺の飯はどうなるんだ」

「ほら、あなた、自分の事しか考えてない！」

「そうじゃないさ」

「そうよ！　…でも、そうね。あなた、料理も洗濯も掃除もした事ないもんねえ」

今度は三千子が腕を組んで考える。

「じゃ、こうしましょ。料金制」

「えっ！　何だって！」

「料金制よ。料理も洗濯も掃除もして上げるから、家政婦代としてそれなりの料金頂くの」

再び腕を組み無言のまま、三千子を見つめる啓輔。

「そして、この東の家はこのままあなたが住み、空いている西の家は教室兼私の住まい」

「じゃ、離婚は、なしでいいのか？」

「ううん、一応書いて貰うわ」

いたずらっぽく笑い、テーブル上の離婚用紙を啓輔の方に移動する三千子。

三千子の名前がすでに書いてある離婚用紙を前に、腕を組み考え込んでいた啓輔が覚悟を決めたように老眼鏡を掛ける。そして、おもむろにボールペンを持ち、書こうとしながら三千子に言う。

「それにしても、お前の名前はカタカナだから簡単でいいよな」

目を丸くする三千子。

「ま~あ！　あなた、私の名前は漢字の三千子よ。知らなかったの？」

「嘘だろ！　俺はてっきり、カタカナかと思ってたよ。アッハハハハ！」

大笑いする啓輔に、三千子はムッとする。

「も~お！　三十年以上も連れ添ってるのに、分からなかったの？」

「ごめん、ごめん」

と言いながら、なおも笑い転げる啓輔に釣られて思わず三千子も吹き出した。

一息ついた後、三千子が溜め息をついた。

「昔は、あなたのそんなとこが好きだったけど…」

「今は？」

「腹が立つって言うか…」

「ふ〜ん」

少しムッとした表情の啓輔を見て、三千子が言う。

「まあ、あなたから見たら私も可愛くなくなったでしょうけど…」

「そうだな」

「だからこそ、お互いを見つめ直すためにも、やっぱりコレ、書いときましょうよ。一年の執行猶予付きで」

離婚用紙を指差す三千子。

「執行猶予付きか。じゃ、書くか。だがな、自分で言うのも何だが、俺ほどの男は二度と現れないぞ」

「そんな事分かんないわよ。私だって結構もてるのよ」

三千子のその言葉に、啓輔は、夕べ、村瀬が言っていた言葉を思い出す。

「そう言えば村瀬がお前の事を、男好きのする可愛い顔してる…って言ってたな」

「ウソ？　ホント〜ッ！」

嬉しそうな三千子を見て、啓輔がペンをポンと置く。

「なあ、俺も反省するから考え直さないか」

「う〜ん。一年後にあなたが変わってくれたら考え直すかもしれないけど」

首を傾げ考える三千子に、啓輔が神妙な顔で聞く。

「で、どう変わればいいんだ？」

「まず、タバコは少なくとも私の前では止めて。本当はあなた自身の健康のために止めて欲しい…って、今まで何度も言ってきたけど聞かないんだもん」

慌ててタバコの火を揉み消す啓輔。

「それから？」

「う〜ん」

考え込む三千子に、啓輔がニコニコしながら言う。

「俺としては、お前を旅行にも連れてってやりたいし…」

「連れてく…ねえ」

腕を組み考える三千子。

「気持ちは嬉しいけど、一年間だけは別々に行動してみましょうよ。私もこれから一人で色んな事に挑戦したいの。まずは、スキューバダイビング」

「スキューバダイビング？　あの、海の中をヒレヒレ着けて泳ぐやつか？　お前、泳げないのに大丈夫なのか？」

「大丈夫よ。泳ぐというより海の中を散歩する…って感じかな」

「ふ〜ん」

「それに私、まったく泳げない訳じゃないわよ。スイミングにも少し通ったし」

「へえ。そうだったか。それにしても女は元気だな〜」

「あなただって、今まで色んな事したじゃない」

「そりゃ仕事の延長だから…」

「そ〜うかしら。来週もゴルフに行くんでしょ？」

ふふっと鼻で笑う三千子。貴史との会話を聞いていたのだ。

「スキューバダイビングもいいけど、ゴルフもやってみないか。俺が教えてやる」

「教えてやる…ねえ。とりあえずゴルフはいいわ」

三千子が思い出したように、ポンと手を叩く。

「そうだわ！　ご飯が冷めちゃう」

三千子が台所へ向かい、温め直したご飯と味噌汁を啓輔の前に運んで来る。

「やっぱりお前の作った料理は旨そうだ」

「ま〜あ！　調子いいわね」

「ほんとだよ」

笑顔の戻った三千子に、少しホッとして食事を始める啓輔。

少しして、三千子が食事の手を休め、啓輔の目を真っ直ぐに見て言った。

「そうだわ。お父さん、料理教室に通ってみたら。私が忙しい時、食事作って上げられないもの」

ますます余裕の出て来た三千子に、たじろぐ啓輔。

「えっ！　料理教室？　俺がか？」

「そうよ！　男だって、やれば何でも出来るものよ。料理人やデザイナー、美容師さんだって、一流は男の人が多いでしょ」

「そう言えば、そうだな」

思わず納得する啓輔。

「とにかく、あなた自身のためにもお料理教室に行った方がいいと思うわ」

う～んと頭をかしげる啓輔の空っぽになったご飯茶碗を見て、三千子が明るく声を掛ける。

「お父さん、ご飯、お代わりする？」

「えっ、うん。いや、もういいや」

お互いに結論の出たような、出ないような、不思議な朝食が終わった。

啓輔がいつもの朝のように新聞を読み始めると、三千子もいつもの朝のように食事の後片付けを始める。

後片付けが終わり、三千子はエプロンのポケットを手でさぐった。ポケットには、折り畳まれた離婚届用紙が入っている。一年間の執行猶予付きだ。

〝どこに置こうかしら〟　三千子は台所に立ったまま、頬に手を当てて考えた。

〝仏壇の引き出し？〟　姑の困ったような顔が浮かんだ。悲しむだろうな？

〝台所の一番上の棚？〟　いや、ここはマズイ！　背の低い三千子は、背の高い啓輔に時々土鍋やガスコンロを取って貰っているのだ。それに万が一、息子達が来て見られたら困る。

考えながら三千子は寝室に向かった。ベッドサイドの小机が目に入ったが、啓輔が老眼鏡を入れている事を思い出す。啓輔の反省する顔も見てみたかったが、せっかく書いて貰ったのに、見付けられて破られても困る。

〝洋服ダンス？〟　そうだ！　ここが良い。一番上の引き出しに入れておけば、啓輔はめったな事では開けない。ここなら見付からないだろう。三千子は少し背伸びをし、引き出しを開けた。そして、ポンと〝離婚届〟を入れると、その上にソッと花柄のハンカチを乗せた。〝作戦〟完了！

ホッとした三千子は、洗濯をしようと洗面所に向かう。洗濯機の隣の洗面台の前を通ると、鏡に三千子が映っている。三千子は、思わず足を止め、鏡の中の自分に向かって独り言を言った。

「シワ、増えたわね。もうすぐ六十だもの、仕方ないっか！」

そして、三千子はいつものように洗濯機を回し始めた。

春風に乗って…

それから一週間後、郊外のとあるゴルフ場に啓輔・村瀬・松村・坂本の姿があった。青い空には白い雲が浮かび、少し緑の増した芝生の上で四人が笑顔でゴルフを楽しんでいる。啓輔の家の庭の桜はすでに散ってしまったが、ゴルフ場の桜は一週間遅れで今が満開だ。

「いや〜、今日は最高のゴルフ日和《びより》だな」

「メンバーも最高だしな」

啓輔の言葉に村瀬が笑顔で応える。

「平日だから、空いてるし安い！」

「後は、スコアだけだな」

松村と坂本もご機嫌だ。ショットを打つ度、親父ギャグが飛び交う。

少ししか飛ばないと「ナイスチョット」であり、木の下に行くと「木下さん」松の下だと「松下さん」。パーで上がると「パーデンネン」となる。

そんな他愛もないやり取りをしながら、四人の乗ったカートは春風の中を進む。

今日は調子が良いのか、退職してホッとしたのか、啓輔の打ったボールはいつもより遠くへ飛び、時には隣のホールへ打ち込み「ファ〜！」と叫んでみたりもする。

啓輔は、この「ファ〜！」の意味を「遠く」の人に危険を知らせる意味だと思っていたが、本来は「フォア〜！」で、「前方」にいる人に知らせる意味だという事をつい最近知った。だが、今さら「フォア〜！」なぞと知ったかぶりをするのは俺の性分に合わない。そう思い、啓輔はこの日も大きな声で右に左に「ファ〜！」を叫んだ。

反省会にて…

ゴルフの後の反省会が、繁華街にある居酒屋チェーン店の一角で始まった。

松村も同業だが、妻の美保に遠慮して隣町まで来る。

「お疲れさ～ん！」

まずはビールで乾杯する。

「いや～、今日は楽しかったな」

ゴルフ談義に花が咲き、ワイワイ盛り上がる。だが、時間を追うごとに店内は客でゴッタ返し、四人の声も掻き消されるほどだ。

そんな中、啓輔の話に村瀬が驚く。

「へえ～！　冗談で俺が言ってた通りになっちゃったのか。アハハハハ」

「笑い事じゃないぜ」

啓輔が苦笑する。

「まあ、別々の趣味もいいけど、老後は夫婦で同じ趣味がいいんだぞ。ゴルフでも一緒にしたらどうだ」

「それがな、ゴルフも教えてやるし旅行も連れてってやる…って言ったんだ。だけど断られた」

「教えてやる…って言ったのか？　それじゃダメだ。食べさせてやってるとか、何かしてやるってのは一番ダメらしいぞ」

　松村が女心を語る。

「そうか。女心は難しいなあ」

「それにしてもビックリしただろう？　定年迎えたその日に離婚切り出されたんじゃや。寝耳に水だもんな」

　坂本も気の毒そうに言う。

「一年の期限付きでな」

　啓輔がそう言うと、村瀬が腕を組んで感心したように言う。

「ペーパー離婚ってワケか。俺の場合は執行猶予なしで即離婚。お前の場合、反省の余地あり…って事か。だが、案外いい考えかもしれんぞ」

「おいおい、他人《ひと》の事だと思って無責任な事言うなよ」

「まあ、お前のとこは二世代住宅だし家が広いからな。家庭内別居ってのも新鮮でいいんじゃないか？」

大家族の坂本も同意する。

「う～ん。この先、どうなる事やら」

頭を掻く啓輔。

「別居は良いけど、食事が不便だな」

村瀬の言葉に、啓輔の目がキラッと光った。

「そうだ！　村瀬。お前に折入って頼みがある」

「おいおい、何だよ、急に」

「料理だよ、俺と一緒に料理教室に行ってくれないか」

「えっ？　何で？　俺が？　お前と？　料理に？」

オタオタする村瀬。

「そうだ。お前は独身だし、料理くらい出来た方がいいぞ」

「そうだ！　そうだ！」

松村と坂本も賛成し、この日の反省会は思わぬ方向に向かった。

熱帯魚になった三千子…

七月に入った。温暖化の影響で今年も暑い夏になりそうだ。

ここは沖縄。白い砂浜にはカラフルなパラソルが並び、人々が波と戯れている。海に面したホテルのプライベートビーチは、若いカップルや家族連れで賑わっている。三千子は親友の滝沢恵子に誘われ、沖縄へスキューバダイビングに来たのだ。夏休みの少し前という事で、ツアー代金には、往復航空券や二泊三日の宿泊料金、それにダイビング代金とレンタカー料金まで付いて五万円を切っている。

二泊三日でこの値段なら啓輔のゴルフ代に比べて安い！　啓輔だって文句を言わないだろう。そう思って三千子は恵子の誘いを受けたのだ。

この日のために三千子はダイエットを試みた。縄跳び、ランニング、夕食抜き。ブームは去ったが納豆、コンニャク、トコロテンもやってみた。だが、どれも大した効果はなく、途中でギブアップした。啓輔に言わせると〝無駄な抵抗〟となる。悔しいけど三千子も認めざるを得なかった。

ともあれ、沖縄にハマッっている恵子から沖縄の素晴らしさを繰り返し聞かされているうちに、気分はすでに熱帯魚になっていた。

そしてついに一週間前、三千子はスポーツ用品店でLサイズの少し派手な水着を買ったのだ。それを手に取ってはウットリしていたが、水着の事は啓輔にはナイショにした。見せればきっと「いい年して…」なんて言われるに決まってる。それに、言う必要もない…と三千子は思ったのだ。


青い空。紺碧の海。ともかく三千子は今、紛れもなく沖縄の空の下にいる。

沖縄もスキューバダイビングも初めての経験であったが、三千子はスッカリ虜になった。色とりどりの熱帯魚が泳ぐ海の中を熱帯魚と戯れ、少女のように目を輝かせる。二人の熟女は身も心も熱帯魚になっていた。

夜になった。昼間の興奮が覚めやらぬ様子の三千子が、ホテルのレストランで恵子と食事をしながら楽しそうに話している。

「思い切って来て良かったわ。あなたのお陰でスキューバダイビングも出来たし」

「ねっ、沖縄っていいでしょ！　私はここに永住したいくらい」

「ホント！」

三千子が目を輝かせる。すると恵子が言う。

「ねえ、今度ゴルフもやらない？」

「ゴルフ？　う～ん。主人が教えてやる…って言ったんだけど断ったの。教えられるんじゃゃね」


「ゴルフは、練習場で先生に基礎からミッチリ教えて貰った方が良いわ。身内だと甘えが出るし、言われると腹も立つから」

「あなたはどのくらいやってるの？」

「一応五年目だけど、忙しくてなかなか上手くならないわ」

「あなたは独身だから自由で気ままで良いわよね」

「ううん、独身も寂しいものよ」

トロピカル・カクテルの入ったグラスを揺らす恵子の表情は少し寂しそうだ。

「私の場合、恋愛はしたけど結婚には縁がなくて、仕事一筋で来ちゃったでしょ。でも、この歳になると、ダンナがいて子供も孫もいる人が本当に羨ましい」

恵子と三千子は高校時代からの親友で、二人ともどちらかと言うとおとなしい方だった。その後、三千子は地元の短大へ進み、数年のＯＬ生活を経験した後、友達の結婚式で知り合った啓輔と結婚したのだ。一方、恵子は、東京の大学へと進み、英語力を活かして外資系の商社に就職した。恵子自身は、結婚までの腰掛けのつもりであったが、八十年代に男女雇用機会均等法が制定されると、優秀で真面目に仕事をこなす恵子は次第に認められ、やがて管理職まで昇り詰めて行ったのだ。

主婦とキャリアウーマン。まったく違う世界に住み、疎遠になっていた二人だったが、数年前の高校の同窓会で再会し、再び友情を育むようになったのだ。

恵子が三千子をマジマジと見て言う。

「それにしてもあなた、見掛けによらず思い切った事するわね」

「ホントはね、『じゃ、そうしよう!』なんて言われたらどうしよう…って思っていたの。離婚時の年金分割制度が始まったでしょ! でも年金の全部を半分貰える訳じゃないの。年金のうち、基礎年金は対象外で厚生年金部分だけ。しかも夫と結婚していた期間だけが対象なのよ」

「へ～え、そうなんだ」

恵子が感心する。

「でも、ご主人、驚いてたでしょ?」

「ええ! ビックリしていたわ。私も言う前はドキドキしてたのよ。でも言い出したら、今までの事、色々思い出しちゃって、スラスラ…」

笑いながら、スパゲッティをフォークでクルクルと器用に絡める。

「あの人のわがままに四十年近く付き合って来たんですもの。もう十分だわ」

「アハハ！　で、離婚届書かせたって訳ね」

「後は判を押して市役所へ提出するだけ。まっ、一年経ってお互いに気が変わったら破くかもしれないけど」

ペロッと舌を出し、絡めたスパゲッティを口に持って行く。

「けど、ご主人もよく書いたわね」

「それがヒドイのよ。私の名前は、漢字の〝三千子〟なのに、あの人ったら、ず〜っとカタカナの〝ミチ子〟だと思ってたの」

「へえ、あなた、漢字だったの？」

「まあ、あなたまで！　確かに私、右肩下がりに書くクセがあるんだけど」

チョッピリ不満そうな三千子。

「で、少しは変わった？　旦那さん」

「そうねえ、少〜し優しくなったかな？　タバコも隠れて吸うようになったし」

プッと吹き出す恵子。

「それに、前より会話は増えたわね」

「良かったじゃない！」

「親父ギャグが多いけどね。この間なんか、朝から暑くて蒸し蒸ししてたら何て言ったと思う？『モーニング蒸すね』だって！　本人は、『モーニング娘』のつもりなんだろうけど、モー、笑っちゃうわよね」

「アハハハハ！　おかしい～！　アハハハハ」

笑い転げる恵子に釣られて、三千子もゲラゲラ笑い出す。

レストランから臨む海の夜景が美しい。

男の料理教室…

八月になった。啓輔と村瀬は料理教室にいた。

料理を教える三枝真理子は、四十代後半の品の良い話し方をする女性で、笑った時の目元が涼しい。ホワイトボードには、「男の料理教室　八月十日　スタミナカレー」と書かれ、十五名ほどの中年の男達が真理子の話を熱心に聞いている。

説明が終わり、四つのグループに分かれる。いよいよ、調理開始だ。エプロンを掛け頭にバンダナを巻いた啓輔と村瀬も手を動かし始めた。

啓輔が大きな体にエプロンを着け、涙で目をショボショボさせながら包丁で玉葱をぎこちなく刻んでいると、各テーブルを回っていた真理子が啓輔と村瀬のグループの側に近付く。そして、啓輔に笑顔で話し掛けた。

「あらあら、高山さん、大丈夫？　手を切らないでね」

すると、村瀬が真理子の側に近寄り、笑いながら話し掛けた。

「先生、こいつ、こう見えて離婚の危機なんですよ。料理くらい出来ないと大変な事になるんだ。ほら、手付きが必死でしょ」

「おいおい、余計な事言うなよ」

手の甲で冷や汗を拭う啓輔を、真理子がジッと見つめる。

駅へと続く道…

料理教室の帰り、駅へと続く道を、紙袋を提げた男二人が並んで歩いている。

村瀬が満足そうに言う。

「今日のスタミナカレーは、旨かったな」

「ああ、悪戦苦闘したけど良く出来た」

啓輔も嬉しそうに答える。

「ホントは今日習ったのを自宅で試せれば覚えられるんだろうけど、俺は試食してくれる人がいないからなあ」

つまらなそうな村瀬だ。

「それにしてもお前の必死な顔、奥さんに見せたかったぜ。どう？　その後」

「女房か？　花の教室の方も結構生徒が増えてな。週二日は先生だ。それに、結婚式場に頼まれて、花嫁のブーケも作ってるから何だかんだと忙しそうだよ」

目尻を細めて嬉しそうな啓輔。

「だから、料理教室で覚えた料理作ると非常に喜ばれるんだ」

「へ〜え、奥様は先生か。そう言えば料理教室の三枝先生。いかにもお料理の先生って感じでいいよな。俺のタイプだ」

「そうか！」

村瀬の思い掛けない告白に、啓輔が思わず村瀬の顔を見る。

「だけど、俺の勘だと、あの先生、どうもお前に気があるな」

村瀬が悪戯《いたずら》っぽい顔で啓輔を見る。

「え～、まさか！」

「お前みたいに、ガ体が大きくて男っぽいのが汗かいて料理なんか作ってると、女心にキュンとくるんじゃないか？」

自分の言葉にうんうんと頷く村瀬。

「おいおい、冗談言うなよ」

啓輔の照れた顔を見て、村瀬がさらにからかう。

「あれっ！　一年間の執行猶予期間中なのにまんざらでもなさそうだな。おい、油断してると、三千子さんは俺が貰うぞ」

「ああ、あんなので良かったらやるよ」

苦笑いする啓輔。

「そう言えば『村瀬が〝男好きする可愛い顔してる〟って言ってたぞ』って話したら、アイツ、嬉しそうな顔してた」

「そうか～！」

村瀬も嬉しそうな顔をする。

「『あなたは釣った魚に餌をくれないし、褒めてくれないけど、村瀬さんはやっぱり違う』だってさ」

「そうだろ、そうだろ。女は幾つになっても褒められれば嬉しいもんさ。それに女房だからって短い鎖に縛っておいちゃダメだ。ほどほどに長い鎖にして、時々、お互いにチャッチャッと引っ張り合うんだな」

村瀬が得意そうに話す。

「まあ、俺は鎖が長すぎて、いや、弱すぎて切られちまったけど。アハハ」

「俺も反省して、今や鎖をハズしてる。この間も友達と沖縄へスキューバダイビングしに行ったし、ゴルフも練習場の先生に付いて始めるらしい」

「へえ。奥さん、ゴルフ始めるのか。青春してるな」

「仕事も遊びも充実してて、何だか昔より若返った気がする」

「へ～え」

駅の入り口に着き、啓輔と村瀬は改札口へ向かった。

西の家・東の家…

紙袋を提げた啓輔が歩いて帰って来る。門柱には「高山」の表札の隣に「高山三千子フラワーアレンジメント教室」の看板が掛かり、アーチ型のフェンスには三千子が育てたピンクのバラの花が絡み付いている。そして、その奥に大きな二世代住宅が見える。

啓輔が門を開け、東の家に向かいながら西の家をチラッと覗いた。すると、女性達の真ん中で生き生きと指導する三千子が見えた。そんな三千子を、啓輔は足を止めて珍しい物を見るようにしばし見つめる。そして〝ほ～っ！〟と感心したようにつぶやきながら東の家に向かった。

〝西の家〟

西の家の茶の間には丸く大きなテーブルがあり、その上にフラワーアレンジメント用の花材が所狭しと置いてある。火曜日と木曜日の昼と夜に教室があり、今日は木曜日の夜のクラスなのだ。このクラスには、一番年長で七十二歳の榊原邦子、五十代の佐野恵美子と関根眞知子の仲良し主婦二人、そして四十代初めのキャリアウーマンでこのクラスのムードメーカー橋本直美の四人がいる。

テーブルの周りでは三千子の指導の下、四人が楽しそうに作品を制作しており、時折、賑やかな笑い声が聞こえる。

三千子は皆の話をにこやかに聞くだけで、他人の悪口や噂話の時には素知らぬフリをする事にしていた。

昔、子育ての真っ最中に女同士の噂話で懲りた事があったからだ。女性の集まるところには嫉妬やイジメがあるという事は、三千子も若い頃の短いＯＬ経験で知っていた。それは、若さに対してであったり、美しさに対してであったり、子供の成績に対してであったり、夫の収入に対してであったりする。主婦の場合は勤務時間が二十四時間であり、そこから引っ越ししない限り続くのだ。その点、このクラスの生徒達は比較的サッパリしていて楽であった。一番年長の榊原邦子も威張ったところがなく、その辺を心得ていてくれるので三千子はとても有り難かった。

この日も、他愛のない女達のお喋りが制作の合間に続いた。佐野恵美子が話す。

「私、この教室に入って本当に良かったって思ってるの。一人息子がこの春就職して家を離れたでしょ。その途端、背骨が溶けちゃったみたいに空しくなっちゃって、何だか、生きて行くのも面倒くさくなってたの」

直美が「まあ！」と、驚いた声を出す。

「私は子供がいないから、幸か不幸か、子育ての楽しさも寂しさも分かんないわ」

「その分、直美さんは若いわ。どう見ても三十代前半」

直美は確かに十歳は若く見える。

「まっ、ありがとうございま～す！　褒めてくれても何にも出ないわよ～」

直美の言葉に、みんながドッと沸く。

「直美さんは子供がいない分、いつまでもラブラブでしょ！　うちは単身赴任だから、グチ聞いてくれる人もいないし。まあ、言っても分かってくれないと思うけど」

恵美子に相槌をうちながら眞知子が言う。

「『空の巣症候群』っていうのよね。いつかテレビで『主婦のストレスチェック』をやってたので、私もやってみたのよ。十項目位あって、例えば『子供達が巣立って、夫婦二人っ切りになる時があるか?』『夫が多忙で、家を空ける事が多いか?』とか、『気分が沈みがちで涙もろくなって来たか?』とかね」

眞知子の言葉に、恵美子が反応する。

「あ～、私、今の三つ、全部当てはまるわ。うちの主人、口うるさいから単身赴任から帰って来て欲しくないわ！　〝亭主元気で留守が良い〟って感じ！」

不満そうに口を尖らす恵美子に、いつもニコニコと聞いているだけの邦子が珍しく口を挟む。

「でも元気でいるだけで幸せよ。うちなんか、寝たっ切りだからケンカしたくても出来ないもの。昔は几帳面で口うるさかったけど、こうなると寂しいものよ」

邦子の夫は元教師で、今は寝た切りになってしまったのだという。介護の合間の週一日だけは、嫁いだ娘さんの協力もあって、ここに気分転換に来ているのだという。

「邦子さんはエライわ。愚痴聞いた事ないもの。いつもニコニコ笑ってて」

恵美子が感心したように言う。このクラスでは全員名字でなく名前で呼び合っているが、それは皆が「榊原さん」と呼んだ時、邦子が「榊原《さかきばら》って言いにくいから、邦子さんで良いわよ」と言った事から「じゃ、全員名前で呼びましょう！」という事になったのだ。

「私ね。いやな事があると『笑顔、笑顔』っておまじない掛けるの。そうすると、いやな事がスッと消えちゃうのよ。まずは形からってね」

「な～るほど！　まずは形からですね！　私も見習わなくちゃ！」

恵美子がニコッと笑うと、三千子を始め教室の皆も制作の手を止めて笑顔を作る。

そんな皆に邦子も笑いながら、

「でもね、私もこの教室に入ってホントに良かったって思ってるの。先生ありがとうございます」

突然言われて照れくさそうな三千子。そんな三千子に眞知子が言う。

「それにしても、先生のご主人はダンディで優しそうですね。羨ましいわ。うちの主人なんか、典型的なおじさんですもん」

「そんな事ないわ。色々苦労させられたんだから。隣の芝生は青く見える…って、それよ」

「そうですか〜？　信じられないわ？　ねえ」

眞知子がみんなに同意を求めると、皆、うんうんと頷く。

「私も先生のお陰でフラワーアレンジメントの楽しさ知って、息子は息子、旦那、自分は自分で楽しまなくっちゃ…って、最近やっと分かって来たんです」

恵美子が言うと、直美が恵美子の肩をポンポンと叩く。

「そうよ、そうよ。その調子！　ケセラセラよ！　私のオハコ。そうだわ。何時《いつ》か、みんなでカラオケ行きましょうよ。私、いいお店知ってるの。ねっ、先生、いいでしょう」

直美が甘えた口調で三千子に聞く。

「そうねえ。皆さんさえ良ければ。邦子さんもいいでしょ？」

「こんなおばあちゃんでも大丈夫？」

いつもにこやかで品の良い邦子が心配そうに聞く。

「モッチロンよ！　邦子さん、声が良いから上手いハズよ」

「一応、昔はコーラスやってたけど…」

「あら、じゃ、決まりね！」

直美がVサインをし、生徒達の明るい笑い声が教室に響いた。


〝東の家〟


西の家で噂されているとも知らず、啓輔はエプロンを掛けて料理を始めた。今日教えて貰った「スタミナカレー」だ。レシピを見ながら丁寧に作る。悪戦苦闘の末、完成した。味見をする。〝ヨシッ！〟啓輔が納得の表情を見せる。

庭先が少し賑やかになった。啓輔がカーテンの隙間からソッと覗くと、生徒達がワイワイお喋りしながら帰るところだった。〝終わったらしいな〟啓輔はそうつぶやくと、インターホンで西の家の三千子に話し掛けてみた。

「俺だけど、終わったか？　今日習ったスタミナカレー作ってみたんだけど、こっちに食べに来ないか」

「ホント？　ちょうど今終わったとこ。良かったわ。ありがとう！」

三千子の〝ありがとう〟という言葉に、啓輔は口笛を吹きたいほど嬉しい気分になった。そして、〝そうか！　三千子も俺のこんな言葉が欲しかったんだ〟と、今さらながらに思った。

さっそく、啓輔は古女房のためにテーブルの準備に取り掛かった。

まずは、ランチョンマットを敷く。先日デパートで見付け、洒落たデザインが気に入って買っておいたものだ。その上にスプーンとフォークを二人分並べた。小皿に入れたラッキョウ漬けも置く。そして、啓輔がカレー皿にカレーを盛り付けていると三千子が入って来た。啓輔が二人分のカレーを運んで来ると、三千子が目を丸くして驚いた。

「あら～！　美味しそ～！」

「今日、習ったんだ。スタミナカレー。我ながらなかなか良く出来たと思うんだ」

啓輔がエプロンを外して腰掛けると、三千子も笑顔で腰掛けた。

「いただきま～す」

食べ始めた三千子の反応に身を堅くする啓輔。

「美味し～！　お父さん、美味しいわ～！」

「だろ！　俺、料理の才能があるかな」

「うん！　ある、ある！」

「あっ、そのラッキョウも俺が漬けたんだ。食べてみて」

ラッキョウを口にする三千子。

「すごく美味しく漬かってる」

三千子の反応に満足そうな啓輔。

「これも料理教室で？」

「いや、これはだいぶ前にネットの料理サイト見てね。今がちょうど食べ頃だ」

「ええ、とっても美味しいわ」

感心する三千子。

「ねえ、お父さん、私にもインターネット教えて。生徒さんからも教室のホームページ作ってみたらって言われてるの」

「そうか！　分かった」

胸を張った啓輔だが、出来たホームページを見るくらいは出来るが、自分で作るだけの知識はない。だが、勉強すれば何とかなるだろう。そう思いながら啓輔は話題を変える。

「教室も賑やかそうだな」

「みんな楽しそうなので私もやりがいがあるわ。みんなの話聞いてると楽しくって。

そうそう、今日ね。みんなでカラオケ行こう…って事になったのよ」

「へ〜え。楽しそうだな」

「お陰様で生徒さんも増えてるし、今日は昼と夜と二回だったから疲れたわ。今日みたいな日に夕食作って貰うと、ホントに助かるの」

三千子の言葉が嬉しくて、啓輔が目を細める。

「ゴルフはどうだ？　飛ぶようになって来たか？」

「先生も熱心で良い人だし、段々楽しくなって来たわ」

「…そうか」

啓輔は、喉まで出かかった〝今度、一緒に行くか？〟という言葉を飲み込んだ。

それにしても…と啓輔は思う。

三千子は最近若返った。生き生きしてるしチャーミングになった…と。

カラオケスナック「人形の家」…

夏の終わり、三千子は生徒達数人とカラオケスナック「人形の家」に来ていた。

参加したのは、三千子と言い出した直美、そして恵美子と眞知子の四人。一番年長の榊原邦子は、病気のご主人を置いて参加するのはやはり無理だったようだ。

カウンター席に案内された。カウンター席が五つ、テーブル席が三つある店の一番奥のテーブル席に三千子達は案内された。カウンター席には、老夫婦と思われるカップルと男性客一人が座り、ママと楽しそうに話している。ママがカウンター越しに直美に声を掛ける。

「直美ちゃん、久し振りね〜！」

直美が笑顔で応じ、ママに飲み物と料理を注文する。この店はママの笑顔とスナックらしからぬ美味しい料理が出て来て女性にも好評…と直美から聞かされていた。恵美子が目を輝かせて直美に聞く。

「直美さん、この店、よく来るの？」

「ええ。主人が出張の時なんか、一人で来て知らない人とデュエットしたり、ダンスしたりね」

直美が屈託のない笑顔で応える。他の人が言ったら反発を買うかもしれない言葉を、サラッと言える直美を三千子は羨ましく思う。

飲み物が運ばれ乾杯となる。アルコールが入りチョッピリ気分がほぐれたせいか、ミラーボールにキラキラ映し出された皆の顔が乙女のように輝いて見える。

「直美ちゃん、いつもの歌ってよ」

お喋りも一段落した頃、ママが直美にリクエストする。

「えっ？　だって〜！」

直美が柄にもなく躊躇していると曲が始まった。ピンクレディーの「ＵＦＯ《ユーホー》」だ。ピンクレディーの二人も、もう五十歳間近と聞くから四十代の直美には抵抗がないのだろうが、三千子には他人事《ひとごと》ながら何だか気恥ずかしかった。

曲が始まると直美は、覚悟を決めたかのようにステージに上がりマイクを握った。スタイルのいい直美は舞台映えがする。〝ユッホ〜！〟直美は水を得た魚のように堂々と歌い出し、踊り出した。リズム感もあり歌も踊りも上手い！　そんな直美に店内が沸き拍手喝采となった。

「直美さん、上手いわ〜」

歌い終わり戻って来た直美を、皆が拍手で迎える。

「ふ〜。喉乾いちゃったわ〜！」

席に着くと同時に直美がビールをグイッと飲み干す。

直美の歌で勢いが付いたのか、次の曲が掛かりカウンターにいた男性が歌い出した。石原裕次郎の「北の旅人」だ。すると、隣のテーブル席にいたサラリーマン風の男性客三人の内の一人が直美に声を掛けて来た。

「すみませんが踊ってくれませんか？」

「いいわよ〜！」

少しキョトンとしながらも直美はすぐに笑顔で返事をし、フロアーで踊り出した。

それを見た眞知子が、隣の恵美子にソッと耳打ちする。

「直美さん、いつもこんな風に遊んでるのかしら？」

「子供がいないから寂しいのよ、きっと」

曲が終わり踊っていた男性に「どうも〜！」と挨拶して席に戻って来た直美が、三千子に言う。

「ねえ今度は先生、何か歌って！」

「私、古い歌しか知らないから」

「大丈夫！　大丈夫！」

躊躇する三千子に、直美がカラオケの厚い本を持って来る。他の生徒にも勧められて、三千子は老眼鏡を掛けページをめくり選曲を始めた。三千子は元々、歌は嫌いではなかった。少なくとも啓輔よりは上手い自信がある。

「う〜ん。じゃ、『ラブユー東京』にします」

「ラブユー東京」は、三千子が十九歳の頃流行《はや》った歌で、まだ恋愛経験がなくウブな三千子だったが、切なさだけは理解出来た。緊張をほぐすため、肩を上下して息を整えていると、さっそくリクエストした「ラブユー東京」が掛かり始めた。

「ドキドキしちゃうわ」

そうつぶやきながら三千子はステージに向かって歩き出し、慣れない手付きでマイクを握った。前奏に続き歌い出す三千子。三分間に凝縮された切ない思いを精一杯歌った。三千子の思い掛けない歌唱力に注目が集まる。三千子は言いようのない快感を味わっていた。確かに、フラワーアレンジメントを教えるようになって度胸も付いた。主婦でいた時の三千子ではない別の三千子がそこにはいたのだ。

「せんせ〜い、上手〜い！」

一番が終わると直美が立上がり拍手する。

「ホント！」

「ビックリ！」

他の生徒達も三千子の思い掛けない歌声に、驚いた表情をしている。歌い終えた三千子に、店内の他の客からも大きな拍手が起こった。

「あ〜、ドキドキしちゃったわ」

胸を押さえながら席に戻る三千子を、さっそく直美が褒める。

「さすが先生だわ。歌唱力バッグン！」

その時、カウンターで一人、ウイスキーを飲んでいた男が三千子達のテーブルに近付いた。そして、三千子の肩をポンポンと叩く。先ほど「北の旅人」を歌った男だ。なかなか品のいい中年の紳士だ。直美を始め教室の生徒は、男が何を言い出すのか息を殺してジッと待った。

「あの～、すみません。良かったら僕とデュエットして頂けませんか？」

「いえ、あの、私は古い歌しか知らないから」

「いや、僕も古いのしか歌えないんですよ。ぜひ、あなたと一緒に歌いたくて……」

熱いまなざしで見つめる男に、三千子は思わず目を反らす。

すると直美が、三千子をけしかけた。

「先生、出会いを大切に！　歌っちゃいなさいよ」

「先生、もう一曲聞かせて～！」

他の生徒達も興味津々で直美に同調する。

「それじゃあ」と、三千子は男の目を見てコックリと頷く。

「〝銀恋〟でいいですか？」

「あっ、はい。たぶん」

曲は知っているのだが、歌える自信がないのだ。男がステージに向かい、三千子もその後を追うように男の隣に立つ。「銀座の恋の物語」が掛かり始めた。

男が歌う。三千子も歌う。歌いながら男が三千子の肩先をそっと抱いて来た。身を堅くする三千子。しびれるような感覚が全身を走る。一番が終わり、直美を始め生徒達から大きな拍手が送られる。三千子は恥ずかしくて正面を向けない。間奏の間、男が三千子の耳元でささやくように聞いて来た。

「先生って呼ばれてましたけど、何の先生ですか?」

「あっ、あの〜、フラワーアレンジメントの」

「フラワーアレンジメント?」

「あの、花籠の中に色んな花を挿して行くんです」

「あ〜、病気見舞いに持って行くような」

「そう、そうです」

出来るだけ明るくカラッと話そうとする三千子。

「それを教えてらっしゃるんですか?」

三千子の顔をマジマジと見る男。

「どおりで、どっか品があると思った」

「そんな…」

ポッと顔を赤らめる三千子。

「あの〜、貴方様こそ」

〝貴方様〟がおかしかったのか、男が白い歯を見せて笑う。品のいい顔立ちだ。

間奏が終わり、再び歌う二人。

♪東京で一つ　銀座で一つ…

歌い終え思わず見つめ合うが、三千子はすぐに目をそらした。席に戻った三千子に直美が言った。

「先生、あの人、ダンディね。何してる人かしら？　私、聞いて来るわ」

〝いいわよ！〟と言う間もなく直美が席を立ち、カウンター越しにママと話をしている男の隣の席に座った。男が振り向き、笑いながら直美と何か話している。

「ねえ、直美さんって欲求不満なのかしら」

眞知子が隣の恵美子に話しかける。カウンター席からは直美のケラケラと笑う声が聞こえ、つられて笑う男の声も聞こえて来る。三千子は、直美と男の様子が気になって仕方がなかったが、ワザと関心のないフリをしていた。

やがて、直美が席に戻って来た。

「調査報告しま〜す。あの人、曾我さんて言うんだけど、自称、独身で、出張でこっちに来たんですって。で、どっかの社長だそうで〜す！　先生、私、好きになってもいいかしら？」

甘えた声で言う直美。

「えっ、別に、私は、何も」

「良かった！」

嬉しそうな直美に戸惑う三千子。

「私、ちょっとお手洗いに行って来るわね」

三千子が作り笑顔で席を立つ。トイレのドアが締まったのを確認してから、眞知子が直美に言った。

「あなた、本気？」

「まさか！　本気じゃないわよ。あんな気取った男、私、嫌いだもん！」

直美はペロッと舌を出し、皆に顔を寄せて小声で話し掛ける。

「それに独身なんて言ってるけど、あれ、嘘よ。だって、左手の薬指に白い指輪の痕があったもの。社長だってピンからキリまであるし本当かどうか怪しいわ。遊ぶ男が良く使う手だもの」

「え〜っ？　直美さん、そこまで見抜いてたの？」

「フフッ！　遊び人の主人のお陰で色々苦労させられてるから」

普段は明るい直美の、もう一つの顔がそこにあった。

「それに、さっきデュエットしてる時の先生の顔、見た？　ポ〜ッとしてたでしょ。先生、こういうのに免疫ないから危いのよ」

顔を見合わせる生徒達。

「その点、私は慣れてるから適当にあしらえるの。その場限りで上手くやるから大丈夫よ、任せて！　すべて先生のためよ」

恵美子と眞知子が感心して直美の顔を見つめる。

三千子がトイレから戻って来る。店のママと親しそうに話をしている曾我をチラチラと見る三千子。直美が肩をすぼめ、恵美子達に目配せした。

ゴルフレッスン…

秋の初め、ゴルフ練習場には並んで練習をする三千子と恵子の姿があった。沖縄旅行の時、恵子から「ゴルフも一緒にしよう」と誘われて決心したのだった。

レッスンを始めて、今日でちょうど一月《ひとつき》になる。三千子の傍らには、レッスンプロの大友卓也《おおともたくや》が付き、手取り足取りで指導している。五十代初めの大友はこの練習場の専属レッスンプロで、明るくて会話が楽しいので女性に人気がある。

「高山さん、体が柔らかいですね～！　筋もいいし、僕も教えがいがありますよ」

大友が白い歯を見せて笑う。

「いえいえ、先生が褒めて下さるから何とか。でも、ゴルフって本当に難しいわ」

「大丈夫ですよ。僕に任せて下さい。個人レッスンもしてますから。本当はコースに出ちゃう方が早いんだけどな～」

「ぜひお願いしたいわ」

三千子に教えた後、大友は隣の恵子に付いて教え始めた。

一時間後、レッスンが終わった三千子と恵子は練習場内の喫茶コーナーにいた。

他の生徒に教えている大友が、喫茶コーナーからガラス越しに見える。

「大友先生って、熱心でいい方ね」

大友を見ながらウットリしている三千子を見て恵子が笑う。

「あなたが席を外してた時、大友先生、あなたの事を私に色々聞いてたわよ」

「えっ！　何て？」

「歳はいくつか、とか、独身か、とかね」

「で、何て言ったの？」

「まさか、家庭内別居してるとも言えないから黙ってたけど」

「まあ！」

「でもね、ホントの歳言ったら〝若い！〟ってビックリしてたわ」

「ホント！　嬉し～！」

嬉しそうな三千子。

「今度コースで個人レッスンしないかって言われたの。どうしよう」

少し考えていた恵子が、身を乗り出し三千子に言う。

「あのね、大友先生には色んな噂があるのよ。お金持ちできれいな女性に近付いてパトロンになって貰うとか、色々」

「私、お金持ちでもきれいでもないわ」

「ううん、あなた、何だか最近若くなったし、きれいになったわ」

「そんな事、ない！　ない！」

笑顔で手を振って否定する三千子。

「でも、大友先生、そんな人には見えないわ」

「う～ん。あなたにはそう見えるかもね」

三千子を見つめる恵子。

「誤解しないで聞いてね。一般的にだけど、ず～っと専業主婦してた人って、男性からちょっとチヤホヤされると本気にしちゃう傾向があるから」

「あら、私は本気になんかしてないわ」

プンと頬を膨らます三千子に、恵子が真剣な顔で言う。

「嫉妬してる訳じゃないのよ。私みたいに男社会でずっと働いていると、そういうのに免疫出来てるから冷静でいられるの」

黙ってコーヒーをすする三千子。

「その点、専業主婦は純情。だから時々事件が起きるのよ。ほら、スナックで知り合った男性と不倫して殺された…とか」

三千子がケーキにフォークを突き刺す。

「あなたは確かに若いし、まだまだきれいよ。だから男性も興味を示すかもしれないけど、気を許しちゃダメよ」

ケーキを口に押し込む三千子。

変化…

秋が深まって来た。高山家の庭の桜の葉も色付き始めている。

東の家の玄関が開き、スーツに身を包んだ啓輔が出て来る。その後ろ姿に啓輔のカバンを持った三千子が声を掛ける。

「行ってらっしゃい。今日は?」

「うん。一杯やって来るよ」

「誰? 村瀬さん?」

「いや、会社の先輩で、ほら、青木部長。今はリタイヤして地域の自治会長してるらしいんだが、電話くれて…」

「そう。私も今日は、ブライダル用の作品作りで遅くまで教室で頑張らなくちゃいけないからゆっくりして来て」

「分かった」

三千子から渡されたカバンを受け取り、啓輔が門を出ようとすると、向かいに住む男性がゴミ袋を持って出て来た。啓輔に気付き会釈する男性に啓輔も会釈を返す。そして、啓輔が思い付いたように玄関先にいる三千子に声を掛ける。

「そうだ。今日はゴミの日だったな。持って行こうか?」

「いいわよ」

「遠慮するなよ。ついでだ」

「そう。じゃ」

台所に戻った三千子がゴミ袋を持って裏口から出て来る。啓輔にゴミ袋を渡しながら、

「ありがと」

と短く言う三千子に、啓輔も、

「うん」

と短く返す。

〝あの日〟以来、啓輔の態度は少しずつ変化して来たように思う。朝刊も自分で取りに行くようになったし、タバコも三千子に遠慮してか見えない所で吸っている。そして、ゴミの日には気が付くと持って行ってくれるようになった。それに何より、以前より三千子との会話の量が増えたのだ。相変わらず口は悪いが、三千子に気を遣って話しているのが分かるのだ。

啓輔がカバンとゴミ袋を持って出掛けると、三千子は東の家の鍵を外から掛けた。庭先のアプローチには、「高山三千子フラワーアレンジメント教室」と、小さな洒落た案内板が出ている。門の入り口に掲げたプロの作った看板とは別に、啓輔が日曜大工で作ってくれたものだ。そのアプローチに沿って、三千子は西の家に歩いて入って行った。

再就職…

啓輔の再就職先は花山商事という小さな会社で、啓輔が三十八年勤めていたオリエント食品の関連会社である。八月の初めからだから、もう二か月以上になる。啓輔は、三月末に退職してから四、五、六、七と四か月、会社からの連絡を待った。ゴルフや旧友との飲み会にも飽き、村瀬と通っている料理教室で料理の楽しさも覚え、三千子の教室が軌道に乗って来た頃、配属されたのがこの花山商事だったのだ。

啓輔は総務課に配属され、一応〝顧問〟という役職名は付いているが、実態は課長の相談役のようなものである。総務課は二十代、三十代の若い社員が中心で、課長は若林幸平という明るくリーダーシップのある男で、四十代半ばのまさに働き盛りの男だった。

啓輔の席は課内の窓際にある。啓輔は老眼鏡を掛け、今日も慣れない手付きでパソコンのキーを叩いている。オリエント食品の支社長の時には、ホームページを覗く事は出来たがパソコンは直接必要がなかった。部下に作らせた資料に目を通し、指示を与えるだけで良かったからだ。それでも最近はパソコンにもだいぶ慣れ、ドンドン打てるようになると同時に楽しさも分かって来ていた。

若林が課員に言う。

「来週のプレゼンについて報告があるから、会議室に集まってくれ」

課員が立ち上がる。啓輔も立ち上がろうとすると、若林が笑顔で、

「あっ、高山さんはいいですよ。電話が来たらお願いします」

軽く頭を下げる若林に内心憮然としたが、顔には出さない。若林に続き若い社員がお喋りしながら会議室に入って行った。

先輩・後輩…

その日の夜、啓輔は駅前の居酒屋「赤とんぼ」に来ていた。カウンター席に座った啓輔の隣には、青木正雄が座っている。啓輔が青木に酒を注ぐ。

「部長、相変わらずお元気そうですね」

「部長はよせよ。青木さんで良いよ」

「じゃ、せめて青木先輩と呼ばせて下さい」

そんな啓輔に、青木が笑いながら酒を注ぐ。

「高山君もついに定年退職か。俺も歳取る訳だな。アハハ」

「先輩は現役の時より元気そうですね。何だか若くなったみたいだ」

「まあ、結構楽しくやっているよ。歳取るのも悪くはないな。アハハハハ」

「自治会長、まだやっているんですか？」

「今年の春まで二年やったから、無罪放免になった。これはこれで、地域の皆さんとも知り合いになれたし、良かったたって思ってるよ」

「そうですよね」

するると、青木が啓輔の顔を覗き込んで聞く。青木は現役の頃から人の心を察する術《すべ》に長《た》け、ある時は優しく、ある時は厳しく指導してくれた。啓輔にとって信頼出来る先輩だったのだ。

「お前の方はどうだ、新しい職場は。慣れたか？」

「いや〜、勝手が違って。二か月以上経ってもなかなか本領発揮とまで行かなくて」

頭を掻く啓輔。

「そうだよな。俺も最初は面食らったよ」

青木が啓輔に酒を注ぐ。

「先輩としてアドバイスするなら、まず、若い上司の参謀役に徹する事だ」

青木が笑顔で続ける。

「俺もお前も、性格的に部下をグイグイ引っ張って行きたいタイプだからな。つい口出したくなるだろうが、そこをグッと抑えて若い上司を陰から支える事だ」

啓輔が感心したように頷く。

「説教したくなる若い奴もいるだろうが、そこはグッとこらえる事だ」

青木が身振り手振りで話を続ける。

「昔はどうだった、こうだったなんて言うのは愚の骨頂。求められた時だけ、経験を生かしたアドバイスすればいいんだ」

啓輔が目を丸くして感心する。

「いや〜、さすが先輩！　実は最近、課内で必要とされてない気がして、少々ウツになってたところなんですよ」

「お前がウツ？　冗談言うなよ」

「先輩のお陰で何だか元気が出ました。アハハハ」

「そうか、良かった」

「で、先輩は今？」

青木が啓輔に向き直り、

「なあ、二地域居住って、知ってるか?」

「えっ? 何ですか、それ」

「今、田舎暮らしってのが流行《はや》ってるだろ。旦那は田舎でノンビリ自給自足したい。だけど、女房は都会で買物したり歌舞伎見物したいって」

身を乗り出す青木。

「そこでだ。都会と田舎に半分ずつ暮らすんだよ。そうすれば女房も旦那もお互い不満が少ない」

「で、先輩はそれを?」

「うん。最近、政府でも奨励してる」

「へえ、知らなかったな」

啓輔が青木に酒を注ぐ。

「じゃ、別荘持ったんですか?」

「まあ、別荘ってほどのもんじゃないが」

少し誇らしげな青木。

「で、どこですか? 別荘」

身を乗り出し興味を示す啓輔。

「赤城山だよ」

「赤城山って、あの、赤城の子守歌の？　国定忠治で有名な？」

「ああ」

「へ〜え」

「群馬だから、高速に乗れば所沢からだと一時間ちょっとで着く。ＥＴＣ割引の時間帯に乗って、気の向いた時に女房誘って耕しに行くんだ」

青木の話に興味津々の啓輔。

「雪は降らないんですか？」

「降っても一年に二回くらいだそうだが、例の地球温暖化で、ここ数年は雪らしい雪は降ってないよ」

「そうですか」

「近くに山もあるから山歩きも出来る。自分の土地も二百坪近くあってな。俺は野菜作り、女房は花作りに汗を流してる。それに、近くに日帰り温泉もたくさんあるから、山歩きした帰りに色んな温泉巡りして来るんだよ」

目を輝かせて生き生きと話す青木。

「とにかく景色が最高さ。晴れた日には遠くに富士山も見えるし、東京の明りも見えるんだ」

「へ～え。すごいじゃないですか」

「うん。それに一応、温泉付きでな。と言っても温度が低いから沸かさなきゃ入れないけど、一応、成分は飲み水としても申し分ないそうだ」

「ふ～ん」

「別荘だから管理費も払うんだけど、これがマンションなんかに比べたら信じられないほど安いんだ。フフフ」

　楽しそうな青木。

「最近は、女房の方から『そろそろ田舎に行かない』なんて言われてる。最初は、『私は都会暮らししか出来ないわ』なんていって反対してたくせに、今じゃニコニコしながら草むしりしているって訳だ」

「いいですねえ」

「それにな、マンションにはほとんど来ない息子達も、赤城に行ってからは孫達を連れてチョクチョク訪ねて来るようになった。アハハ」

「そうですか」

「そう言えばお前んとこは、二世代住宅造ったって言ってたな。子供達とは同居してるのか？」

「それが…」

頭を掻く啓輔。

「だろ？　確かに家族主義と言うか、立派な考えだとは思うけど、結局、誰かが我慢するんだな」

「女房にも言われました。今時、親と同居したがる子なんていない…って」

「アハハ！　そりゃ奥さんの方が正しい」

「…ですかねえ」

「そう言えば、奥さん、元気か？」

「元気、元気！　私が定年になった途端、何だか元気になっちゃいましてね。花を教えたり、スキューバダイビングしたり、ゴルフ習ったり」

「へえ。そうか」

「最近はパソコン教えてくれって」

「ほほ〜！　前向きだな。結構、結構」

「先輩の話聞いてたら、歳を取るのも悪くはないって思えて来ましたよ」

「そうだろ」

嬉しそうな青木。

「そうだ！　今度、奥さんと一緒に赤城へ来ないか？」

「ええ、ぜひ！　お邪魔させて下さい」

啓輔は目を輝かせた。

赤城の別荘…

青木邸のある別荘地は、赤城山南面の丘の上にあり、販売店を兼ねた管理棟を中心に、建設中の建物を含め約五十軒の家々が建ち並ぶ。

ログハウス風の青木邸の前庭では、青木が庭の野菜畑を鍬《くわ》で耕しており、その隣で妻の青木良子が麦藁帽子を被り草むしりをしている。庭にはコスモスの花が風に揺れ、空には秋の雲がゆっくり流れている。

「そろそろ一休みするか」

青木が空を見上げ額の汗をぬぐう。

「そうね。お茶入れるわ」

妻の良子が家に入る。青木は帽子を脱ぎ、少し色付いたヤマボウシの木陰に置いてあるベンチに座った。お茶と漬物をお盆に載せ持って来た良子も並んで座る。

「もうすっかり秋ですねえ」

「やっぱりこっちは秋が早いな」

空を見上げる青木と良子。

「いいお天気ね」

「今日は富士山も見えるし、高山が来ても見せてあげられるな」

「そうね」

穏やかな笑顔の青木と良子。

「高山さん、そろそろ着く頃かしら？」

「今、何時だ？」

「さっき見たら、十一時少し前だったわ」

「そうか。じゃ、そろそろ着くだろう」

その頃、啓輔の運転する車は、赤城インターを降り青木の別荘に向かっていた。インターからの道路はきれいに舗装され、赤城山の中腹を横に走っている。通行量も結構多く、乗用車、トラック、バイクなどが行き交っている。ハンドルを握る啓輔と助手席の三千子は、緑の木々の中を縫うように走る道路のカーブをいくつも通り抜けて青木の別荘へと走っていた。

啓輔が携帯用のイヤホンをシッカリと耳に付け青木に電話をする。

「もしもし」

「はい、青木です」

「あっ、もしもし。高山です」

「おお、高山か。着いたか？」

「ええ、今、赤城インターを降りたところです。これから向かいますから」

「そうか。じゃ、後十分くらいだな。場所、分かるか？」

「ええ、ナビで来てますから、たぶん分かると思います」

「奥さんも一緒に来られたか？」

「ええ」

「そうか。うちの女房も楽しみにしてるよ。気を付けて来いよ」

電話を切り、イヤホンを耳から外す啓輔に三千子が言う。

「それにしても青木さん、ずいぶん思い切ったわね」

「うん。最初は奥さんも反対してたんだが、いつの間にか奥さんの方が田舎暮らしに夢中になってるそうだ」

「そう。たまに来るなら良いけど、私はたぶんダメだわ」

「うん、俺もダメだろうな。野菜作りなんか興味ないし」

車中から、移り変わる景色を眺める啓輔と三千子。

「いいお天気で良かったわね」

「うん」

三千子の笑顔にホッとする啓輔。

ほどなくして啓輔の運転する車が、青木の住む赤城開発別荘地に着いた。入り口に「天然温泉付き別荘地」と書かれたカラフルなのぼり旗が見える。

「ここだな」

別荘地内の緩やかな傾斜の道路を啓輔の車がゆっくり走る。森の中を開発した土地に、思い思いの家が建ち並んでいる。

「思ったよりたくさん建ってるな。すぐに分かると思ったんだが」

「ホントね。林の中にポツンと建ってるのかと思ったら、こんなにたくさん…」

「ログハウス風の家って言ってたんだが、たくさんあるなあ」

三千子も車の窓を開けキョロキョロと辺りを探す。左右を確認しながらさらに進んで行くと、道路を少し入った丘の上で麦藁帽子を被った青木が大きく手を振り、「お～い」と叫んでいる。

「あっ、あそこだ」

青木のいる丘を指差す啓輔に、三千子も笑う。

「まあ、ウフフ。お山の大将みたいね」

「ハハハ！　そうだな」

啓輔の車が青木の別荘前に着いた。青木夫妻が農作業の格好のまま、啓輔と三千子を出迎える。車から降りる啓輔と三千子に、青木と良子が笑顔で近付く。

「良く来たなあ。待ってたぞ」

嬉しそうな青木。

「こんな格好でごめんなさいね」

良子も笑顔で会釈する。

「いえいえ、今日は図々しく女房と二人でお邪魔しました。女房の三千子です」

啓輔が三千子を紹介する。

「始めまして。青木さんには大変お世話になったと主人から伺っております。今日はお言葉に甘えてお邪魔させて頂きましたけど、ホントにステキなお宅ですね」

三千子は想像以上の青木邸に驚いていた。

「いや〜、お見せするほどでもないんですけど、来て頂いて嬉しいですよ」

「この人、誰かに来て貰いたくてしょうがないんですよ。だから、今日は朝からイソイソと…」

良子がイタズラっぽく笑い青木の顔を覗く。

「まあ、とにかくまずは庭から見て貰おう。ちょうど、庭でお茶を飲んでたとこなんだ」

庭に案内する青木夫妻の後に、啓輔と三千子が続いた。秋の風に揺れているコスモスに三千子が思わず声を上げる。

「まあ、コスモスがキレイ！　お花の色もハッキリしてるし、どれも気持ち良さそうに咲いてるわ〜」

「そうなのよ。花びらが大きいでしょ」

良子が嬉しそうに応える。啓輔が、三千子を見ながら自慢そうに言う。

「女房は、花の教室の先生なんですよ」

「ほお～」

「どうりで…」

感心して頷く青木と良子に三千子が照れる。

「花と言っても、フラワーアレンジメントなんですよ」

「あっ、花籠に盛り付ける、あれね？」

「そう、そうです。半年前まで教えて頂く立場だったんですが、まさかこの歳で教える側になるなんて思わなかったんですけど。でも本当は、自然の中にいる花が一番キレイかもしれないですね」

良子の育てた花々が秋の風の中で微笑んでいる。

「春になると、このすぐ近くに〝千本桜〟っていう桜の名所があって、それはそれはきれいなの。また春にもぜひ遊びに来てね」

「ありがとうございます。ぜひ伺わせて下さい」

花の好きな二人の妻達を交互に見て、満足そうに微笑みながら青木が言う。

「今度は、俺の自慢の野菜畑も見てくれよ」

青木が案内した野菜畑には、秋ナス、レタス、ミニトマトなどが所狭しと実っている。啓輔と三千子が口々に驚く。

「すごいなあ」

「いつも新鮮な野菜が食べられるんですね」

「こんな生活してると畑から元気貰えるんだよ。ほら、〝親の意見と茄子《なすび》の花は千に一つの無駄はない〟って諺があるだろ。親にも自然にも感謝、感謝だよ」

「主人が作ったナスを、私が糠《ぬか》漬《づ》けしたのがあるの」

四人はヤマボウシの木の下のベンチへ移動し、良子が入れたお茶を飲む。飲みながら青木が遠くを指差す。

「ほら、あそこに見えるのが富士山だ」

「ええっ～！」

思わず立上がり驚く三千子。小さいけれど確かに富士山だ。

「夜になると、都心の夜景も見えるんだ」

誇らしそうな青木。

「そうだ！　今夜、泊まっていったら。なあ母さん」

「ええ、もちろんよ！　じゃ、夕ご飯は庭でバーベキューね！」

良子が大きく頷いた。

さわやかな秋空の下、人生の達人四人の幸せいっぱいの笑顔がそこにあった。

夜になった。赤城南面にある青木の別荘の庭からは楽しそうな笑い声が聞こえていた。遠くには都心の明りが見え、夜空にはこぼれるような星がキラメいている。そして、バーベーキューの赤い炎が、啓輔、三千子、青木、良子の笑顔を浮かび上がらせていた。

二人の時間…

秋の夜長の高山家。啓輔の〝住む〟東の家の茶の間には、パソコンの前に座る三千子がいた。その横に啓輔が座り三千子にパソコンを教えている。

「そう、そこ。右クリック！　違うよ！」

なかなか上手く出来ない三千子を見兼ねて、カーソルに手を延ばそうとする。

「ダメよ。自分でしなきゃ覚えられないわ」

カーソルを手放そうとしない三千子に、啓輔は苛立ちをグッと押さえながら、それでも丁寧に教え続けた。しばらくして、

「出来た。出来たわ」

三千子が嬉しそうに叫んだ。

「お父さん、ありがとう！　お陰で教室のホームページ完成だわ」

「良かったな。パソコンも覚えちゃえば簡単で楽しいものさ」

啓輔も新しい会社で、パソコンをスッカリ自分のものにしていた。

「今、お茶入れるわね」

笑顔の二人がお茶を飲む。

「それにしても、お前は何事にも前向きだよな。最近つくづく感心してるんだ」

「そ〜お」

「花の先生したり、スキューバダイビングしたり、ゴルフしたりさ」

「まあね。今までチャンスがなかっただけよ。能ある鷹は爪を隠す…ってね」

ペロッと舌を出す三千子。

「最近、ゴルフの方はどうだ？　だいぶ腕上がったんじゃないか。能ある鷹さんの腕前、拝見したいな」

啓輔が茶化す。

「まだ自信ないわ。お父さんに『ヘタ』って怒られそうだし」

「ゴルフ代は俺が持つ！　口は出しません！」

口にチャックするマネをする啓輔に、思わずプッと吹き出す三千子。

「奥様、いかがでしょう？」

啓輔がまるでダンスを申し込むように、三千子に手を差し出し、神妙に頭を下げる。

「じゃ、啓輔先生、よろしくお願い致します」

同じように神妙に頭を下げ、啓輔の手に手を添える三千子。

「こちらこそ、奥様、どうぞよろしく」

顔を上げ、プッと吹き出す二人。

ナイスショ〜ッ！…

啓輔がお気に入りのゴルフ場に予約をし、三千子との初ゴルフの日を迎えた。啓輔にはゴルフの先輩として、夫として、そして男としてカッコイイところを見せたい気持ちもある。スタート時間が近くなり、二人は二人乗りのカートに乗り込んだ。コース沿いには、赤い実を付けたナナカマドやイチョウの黄色い葉が秋風に揺れ、赤トンボもスイスイ飛んでいる。三千子も嬉しそうだ。

「すっかり秋ね。連れて来て貰って良かったわ」

「練習場だけじゃ、つまらないだろ」

啓輔は先輩らしく色々と指導をする。ティーを差す場所や立ち位置などだ。男性が距離のあるレギュラーティーから打つ事さえ三千子は知らない。

まずは啓輔が男性用のレギュラーティーから打つ。〝落ち着くんだ！〟と心の中で唱えながら、啓輔は妻の前で少し緊張している自分を内心おかしく思った。

〝カ〜ン！〟啓輔の打ったボールはフェアウェーの真ん中まで飛んで行く。

「ナイスショ〜ッ！　さすがだわ」

三千子に褒められ、ホッとする啓輔。〝良かった〜！〟心の中で叫ぶ。

今度は三千子の番だ。レディスのティーグランドにカートを進める。三千子も緊張しているようだ。ティーグランドに立ち何度も素振りをする三千子に、啓輔はアドバイスしたい気持ちをグッと押し殺し、三千子の打つのをジッと待った。

三千子がクラブを構える。そして、思いっ切り振った。ボールは元気良く飛び出した。だが右に大きく外れる。ガッカリする三千子を啓輔が励ます。

「いいよ、いいよ。思いっきり振れてたよ。初めてにしては良く飛んだし、ナイスシヨットだよ。ゴルフは回数だから何度も来ればすぐ上手くなるさ」

「そ〜お。じゃ〜、啓輔先生、また連れて来てね〜」

甘えた声で言う三千子に、啓輔は、古女房の妻でなく、知り合ったばかりの恋人といるような新鮮なトキメキを覚えていた。

告白…

村瀬に呼び出され、啓輔は居酒屋に来ていた。

「話があるって何だ？」

「うん。まあ、一杯」

村瀬が啓輔に酒を注ぎ、照れくさそうに話し出す。

「実はな。俺、結婚しようと思ってんだ」

「へ〜え。そりゃ、おめでとう」

今度は啓輔が村瀬に酒を注ぐ。

「で、どんな人？」

「先生」

「先生？　どこの？」

村瀬が頭を掻きながら言う。

「三枝真理子先生」

「えっ？　料理教室の？」

目を真ん丸にして、驚く啓輔。

「へえ～！　そうか～！　そりゃ、おめでとう」

村瀬の肩をパンパンと叩き祝福する啓輔。

「だけどさ～、お前、『先生はお前に気がある』とか何とか言っておきながら、いつ抜け駆けしたんだよ」

「いや～、ごめん。ほら、いつかお前が仕事が忙しくて休んだ日があったろ。あん時の帰り、駅まで送ってってったんだよ」

「うん、うん。それで？」

身を乗り出す啓輔。

「色々話してる内にな。彼女がバツイチで、一人息子を女手一つで育てて来たんだけど、その息子がこの春大学に入って離れて暮らすようになったって。最近、ガールフレンドも出来たみたいで連絡もあまり来なくなったって。それで、心ん中にポッカリ穴が空いたようになっちゃった、寂しいって言ってな」

「ふ〜ん」

「で、俺の事も正直に色々話してる内に、意気投合して、まあドンドン接近しちゃったって言うか…」

　頭を掻く村瀬。

「とにかく良かったじゃないか！　何はともあれ祝杯だ！」

　祝杯を上げる啓輔と村瀬。今度は村瀬が啓輔に聞く。

「お前の方は、その後どうなってる？」

「うん。俺も掃除も洗濯も簡単な事は一通り出来るようになったし、料理の腕もお陰様でだいぶ上がったからな。花の教室のある日は俺が作っているから、女房殿もご機嫌さ」

「へえ。お前も変わったな」

「うん。女房も最近はパソコン覚えて、ホームページに書き込んだりしてな。それに、時々ゴルフにも連れ出したりして。まあ、日々努力してるよ」

「じゃ、離婚は回避か？」

「いや〜、執行猶予まで、まだ四か月あるからな。まあ、でも、自分のためにも頑張るさ」

「昔のお前からは考えられないなあ」

「まあな」

啓輔が苦笑しながら続ける。

「六十過ぎてからつくづく思うんだけど、良寛さんの句に『裏を見せ　表を見せて散るもみじ』って句があるだろ？　歳取ったら見栄とか威厳とかは捨てて、裏も表も見せて正直になった方が楽でいいな」

「うん」

村瀬も頷く。

お陰様…

東の家の茶の間で、啓輔の作った夕食を三千子と啓輔が食べ始める。三千子が感謝の言葉を口にする。

「ありがとう。いただきま～す。今日は忙しかったから助かるわ～」

「俺も料理が楽しくなって来てな。お前の策略にまんまと乗っちゃった感じだよ」

「まあ！」

そう言いながらも笑顔いっぱいの三千子に、啓輔が話し出す。

「それがな、この間、村瀬から思いがけない告白されちゃってさ」

「えっ、何？　どうしたの？」

「料理教室の先生と結婚するかもしれないって」

「まあ、村瀬さんが！　良かったじゃない」

「俺もビックリしたよ。まさかこんな事になるとはな」

「そうよね。先生と生徒が仲良くなっちゃったんですものね」

「花の教室には男性はいないのか？」

「あら、もしかしてやきもち？」

「まあな」

「フフッ！　残念ながら女性ばっかり」

「そうか。良かった！」

啓輔の言葉に、三千子がプッと吹き出す。

「それでな、村瀬に『お前のお陰だ』って感謝されちゃたよ」

「…って事は私のお陰？」

「…って事になるかな」

啓輔と三千子が同時にプッと吹き出す。

「で、籍は入れるの？」

「うん。相手の息子さんの事もあるし、一年くらい様子を見てから考えるんだとさ。うちのマネしたらしいよ。逆のパターンだけど」

「まあ！」

「村瀬が『婚姻届なんて、ただの紙一枚の事だけど重みがあるよな』って言ってた」

「ホントにそうね。で、一緒に住むの？」

「いや、当面の間、お互いの家を行き来する感じかな」

「あら、じゃ、それもうちと同じじゃない」

「かな？」

「アハハハハ！」

啓輔と三千子の笑い声が茶の間に広がった。

師走の候…

師走になった。高山家の庭先ではサザンカの花が可憐に咲いている。三千子の教室は相変わらず忙しく、啓輔も仕事に慣れ、料理の腕も上がり、二人の生活のリズムも上手い具合に嚙み合って来ていた。今日は三千子の教室もなく、週四日勤務の啓輔も休みで、二人共、朝からノンビリと過ごしていた。

夜になった。東の家の茶の間の炬燵《こたつ》で啓輔はテレビを見ており、その側で三千子はパソコンを開いている。三千子も最近は、夜も東の家で過ごす事が多い。

「あっ！　出た。貴史〜」

パソコン画面に映る貴史の顔に、三千子が思わず手を振る。

「母さん、元気？　今、勇貴見せるからね」

画面に嫁の弘美と孫の勇貴が映る。

「お義母《かあ》さん、ご無沙汰してま〜す。勇貴、ほら、お婆ちゃんよ」

弘美が勇貴の小さな右手を持って振って見せる。

「お義母さん、勇貴、だいぶ喋れるようになったんですよ」

弘美が勇貴を抱っこして画面に顔を近付けると、勇貴が片言で話す。

「バアちゃん、コンド、キテネ」

満面の笑顔で画面に手を振る三千子。

「お爺ちゃんもいますよ～」

三千子に呼ばれ、啓輔もパソコンの前に座る。画面に映る三人に、照れくさそうな啓輔。

「元気そうだな」

と啓輔が言うと、勇貴が〝ジイチャン〟と言って指を差す。啓輔は満面の笑みを浮かべ満足そうだ。そんな啓輔に貴史が聞く。

「父さん、仕事慣れた？」

「うん、まあな」

「ゴルフは？　行ってる？」

「うん。この間は母さんと行って来たよ」

「へ～え、母さんと。すごいじゃない！」

すると三千子が、

「お父さん、すごいわ～！　飛ぶのよ、ビュ～ンって」

「体大きいからな。我が父ながらカッコイイと思うよ」

息子に面と向かって褒められ照れくさそうにしている啓輔を横目で見て、三千子も嬉しそうだ。三千子が思い出したように言う。

「そうそう、勇貴にクリスマスプレゼント贈っといたからね」

「ありがとう」

「ありがとうございます」

三千子の言葉に、貴史と弘美がお礼を言う。

「お正月には浩史も来るから顔見せてね。浩史、彼女連れて帰るって」

次男の浩史には、大学時代から付き合っている彼女がいる。浩史はいいが、彼女の歳を考えると早くした方がいいと言っていた結婚をようやく決心したようだ。

「へ～え。そりゃ楽しみだな」

「楽しみにしてます」

「じゃあね」

笑顔でパソコンを切る三千子。

理想の夫婦…

お正月が来た。定年後、初めてのお正月だ。

高山家の門には、小振りの門松が二つ並んでいる。

東の家の茶の間にはお節料理が並べられ、啓輔がテーブルの中央にどっかりと座っている。お正月に家族全員が勢揃いする事にしたのは、啓輔が決めた高山家のしきたりであった。今年のお正月も長男の貴史、妻の弘美と孫の勇貴、そして次男の浩史とその恋人の広瀬京子が勢揃いしてくれた。当たり前だと思っていた光景を、啓輔はありがたく思う。

全員が席に着き、三千子が台所からお屠蘇を運んで来ると、三千子から聞いていたのか、浩史が啓輔に聞く。

「父さん、料理教室行ってんだって?」

腕組みしながら黙って笑顔で頷く啓輔を見て、貴史も驚きの声を発する。

「これ、みんな父さんが作ったんだってさ。信じられないよなあ」

「ホントですか〜ッ！　すご〜い！」

弘美も目を丸くする。浩史も三月にこの家の嫁となる恋人の京子に話し掛ける。

「すごいだろ」

「ええ。ビックリ」

浩史の隣で小さく硬くなっていた京子も、驚きの声を小さく上げた。

長男の貴史は、次男の浩史に比べるとおっとりしていておとなしい。そんな貴史には弘美のように活発で明るい嫁がいてくれてちょうど良い。貴史に比べ、子供の頃から活発だった次男の浩史には、優しくて控え目な京子のような女性が側にいてソッとブレーキを掛けてくれるとありがたい。良く出来たものだ…と、三千子は二人の嫁を交互に見ながら思っていた。

「お父さんの料理、私が作るよりきれいだし上手なのよ。ビックリでしょ！　私もビックリしてるんだもの」

「俺だって、自分でビックリしてるんだよ」

大袈裟に褒める三千子に応じる啓輔の言葉に、皆がドッと沸く。

孫の勇貴があちこち走り回る中、啓輔の年の初めの挨拶から始まり、和やかに、そして賑やかに会食が続く。そんな光景を見た弘美が、三千子と啓輔に言う。

「お義母《かあ》さん、幸せですね。理想のご夫婦だわ。私達もこんな夫婦になりたいわね」

貴史の顔を見る弘美に、三千子は啓輔と顔を見合わせクスッと笑う。

「実はね、私、定年後はどうなるのか心配してたのよ。ほら、よく言うでしょ。〝濡れ落ち葉〟とか何とか」

「おいおい」

三千子が何を言い出すのか戸惑う啓輔。

「女房の行くとこ、どこでもくっ付いて来る旦那さんになるのか…ってね」

頭を掻く啓輔。

「でも、仕事も週に三日も頑張って働いてくれてるし、私の仕事のある時は食事も作ってくれるし、ゴミ出しも時々はしてくれるのよ」

「へえ、ゴミ出しまで？　昔の父さんからは考えられないなあ。何でもかんでも母さんにさせてたからな」

「お義母さんのフラワーアレンジメント教室はどうですか？」

弘美が聞く。

「お陰様で大入り満員…ってほどでもないけど楽しくやってるわ。二人共、子育てが一段落したら教えて上げるわね」

二人の嫁に笑顔を向ける三千子。

「そうそう。京子さん、結婚式までには、すてきなブーケ作るから楽しみに待っててね」

「はい。ありがとうございます」

穏やかな年の初めである。

次男の結婚…

三月になり、次男の浩史の結婚式の日を迎えた。

会場のホテルの入り口には、「高山家　広瀬家　結婚式場」と書かれた案内板が出ている。披露宴会場には晴れやかに着飾った人々が、それぞれのテーブルに着き新郎新婦の登場を今か今かと待ち受けていた。

啓輔と三千子も晴れやかな気持ちで親族席に座っていると、やがて結婚行進曲が流れ、純白のウエディングドレスに身を包んだ京子が浩史の腕に摑まり、幸せいっぱいの笑顔で入場して来た。手には、三千子の造った純白のブーケを持っている。

「花嫁もきれいだけど、ブーケもきれいだ」

「フフッ！」

啓輔の言葉に三千子が微笑む。啓輔と三千子は心からの幸せを感じていた。

再びの春…

浩史の結婚式も一月《ひとつき》前に無事終わり、啓輔と三千子はホッとしていた。

〝あれから〟一年、再び桜の季節になり「ゴルフに行こうか！」という啓輔の提案で、啓輔と三千子は以前来た事のあるゴルフ場に来ていた。

コース沿いの桜の花もチラホラ咲き始めている。

「きれいね～！　ゴルフはホントにいいわ。きれいな景色見ながらスカッと出来るし、お食事もお風呂も付いて一日遊べるんですもの」

深呼吸する三千子。

「それに何より健康に最高！　お父さんの血糖値も正常になったもんね」

ウフッと笑いながら三千子がレギュラーティーのグランドに立ち、ティーショットを打つ。三千子はドライバーの飛距離もだいぶアップして来た事もあり、二人で来る時は啓輔と同じレギュラーティーから打つ事にしていた。

ボールは真っ直ぐに飛んで行き、フェアウェーをシッカリ捕らえている。

「ナイスショッ～！　上手くなったな。俺より真っ直ぐ飛ぶ」

「そんな事ないわよ。やっぱりお父さんにはかなわない」

啓輔の言葉に、三千子が優しく微笑み返す。そんな三千子に啓輔が言う。

「少し暖かくなったら、沖縄へ行こうよ」

「ええ、行きましょう！　ゴルフしたりスキューバダイビングしたりね。沖縄の海は最高よ！」

「スキューバダイビングはお前が先生だな」

「ゴルフはあなたが先生ね」

啓輔がティーグランドに立ち、ティーショットを打つ。三千子の打ったボールの遥か先に飛んで行く。

「ナイスショッ～！　さすがだわ～！」

三千子に褒められ、嬉しそうな啓輔。その啓輔が気になっていた事を聞く。

「そう言えば、アレ、どうした？　離婚届」

「あ～、アレね。忘れてたわ。もう一年経つのね」

感慨深そうな三千子に、啓輔が笑って尋ねる。

「この一年の俺、どうだった？」

「ええ。あなたのお料理は最高だし、歳の割にはカッコいいし、私にとってやっぱり最高のパートナーだわ」

三千子の言葉に啓輔が嬉しそうな顔をする。

「お前も頑張ってるし、歳の割には可愛いし、ドンドン若返って行く」

照れくさそうに褒める啓輔の言葉に、三千子も思わず微笑む。

「じゃ、家に帰ったら、コレ、してくれるのか？」

啓輔が離婚届を破くジェスチャーをする。

「そうねえ。お父さんも変わってくれたしね。離婚なんて、もうどうでも良くなっちゃったわ」

三千子の言葉に啓輔の顔も思わずほころぶ。

「でもねえ。そのままにして置くのも緊張感があっていいんじゃない？　記念にもなるし」

「ええっ〜！　記念か？」

不満そうに顔を曇らせる啓輔。たった一枚の紙だが、啓輔にとっては〝不安の種〟

であり、三千子にとっては〝安心の種〟なのかもしれない。

「それにしても、私、どこにしまったかしら？」

三千子が一年前に離婚届をしまった場所を思い出そうとする。

「おいおい、しまった場所、忘れちゃったのかよ。もうボケが始まったのか？　アハハハハ」

「だって、この一年、色々と忙しかったんだもん。取り敢えず家に帰ったら探してみて、それからどうするか考えるわね。フフッ！」

「奥様、お手柔らかにお願いしま〜す！」

「分かりました〜！」

春風の中に二人の幸せな笑い声がこだまする。

もう一度プロポーズ…

啓輔と三千子が、車でゴルフ場から自宅へ帰って来た。

「お茶、入れるわね」

「ありがとう」

渋滞にも引っ掛かからず順調に家に帰れた事を喜び、二人はホッと一息つく。

それから三千子は、記憶を辿った末に、一年前に書いた離婚届がしまってあると思われる寝室に入って行った。

〝確か、洋服ダンスの一番上の小引き出しにしまったハズ〟

三千子が背伸びをして小引き出しを開ける。手を延ばして探すと三千子の手にハンカチが触れた。

〝そうだ！　上に花柄のハンカチを乗せておいたんだわ〟

三千子が一年前を思い出しながら離婚届を取ろうとすると、その奥に固い箱のような感触がある。

〝あれっ？〟

と思い手探りで摑み手に取る。ピンクのリボンの架かった小さい箱だ。

〝何かしら？〟

三千子は、首を捻りながら離婚届と一緒に小箱を持って、啓輔の待つ茶の間に向かった。

茶の間では啓輔が今や遅しと待っていた。

「お父さん、コレ、知ってる？」

三千子が離婚届をテーブルの上に置くと同時に、小箱を啓輔の目の前に差し出した。啓輔が不意に差し出された小箱を手に取り小首を傾げる。だが、すぐに思い出した。それは、一年前のあの日、三千子のために買ったネックレスだったのだ。啓輔は小箱のリボンを丁寧に外し中を開けた。箱の中には忘れもしないハートの形をしたネックレスが入っていた。

「一年前のあの日、駅前の宝石店で三千子のために買った感謝のネックレスだよ。あの日色々あったんで渡しそびれちゃったんだ」

まだ不審そうな顔をしている三千子に、啓輔は箱の中のメッセージカードを渡した。そこには、

「妻　三千子へ　長い間支えてくれて本当にありがとう　定年退職の日　啓輔」

と書かれていた。

思いがけない状況に三千子の目から涙が溢れてくる。そんな三千子のために、啓輔がネックレスの留め金をソッと外し、三千子の首に手を回しネックレスを掛ける。

「長い間ありがとうな。これからも俺と一緒に生きてってくれるか？」

感激のあまり、啓輔の胸に顔を埋め嗚咽する三千子。啓輔は三千子のその震える肩

を、結婚生活三十五年分の愛を両手いっぱいに込めて強く強く抱き締めた。そして、啓輔は背中でビリリッと紙の破れる音を聞いた。

少しの時間《とき》が過ぎ、嬉し涙でクチャクチャになった顔で三千子は啓輔に言った。

「お父さん、ふつつかな女房ですが、これからもよろしくお願いします」

そう言って笑顔で頭を下げる三千子の手には、破られた「離婚届」の紙が握られていた。

二人の住む大きな二世代住宅の家の庭には、今年も大きな桜の木に満開の花が今を盛りと咲いている。

完

著者プロフィール
冨岡 知世子（とみおか ちよこ）
1949年（昭和24年）生まれ
群馬県立前橋女子高校卒業
前橋市在住

ペーパー離婚

2008年11月15日　初版第１刷発行
2010年１月20日　初版第２刷発行

著　者　冨岡 知世子
発行者　瓜谷 綱延
発行所　株式会社文芸社
〒160-0022　東京都新宿区新宿1－10－1
電話　03-5369-3060（編集）
03-5369-2299（販売）

印刷所　株式会社エーヴィスシステムズ

© Chiyoko Tomioka 2008 Printed in Japan
乱丁本・落丁本はお手数ですが小社販売部宛にお送りください。
送料小社負担にてお取り替えいたします。
ISBN978-4-286-05492-6　JASRAC 出 0809495 －801